Dino Campana

# Canti Orfici

© 2023 Culturea Editions

Texte et illustration de couverture : © domaine public
Edition : Culturea (Hérault, 34)
Contact : infos@culturea.fr
Retrouvez notre catalogue sur http://culturea.fr
Imprimé en Allemagne par Books on Demand
Design typographique : Derek Murphy
Layout : Reedsy (https://reedsy.com/)

Dépôt légal : janvier 2023
Tous droits réservés pour tous pays

ISBN : 9791041845330

A GUGLIELMO II

IMPERATORE DEI GERMANI

L'AUTORE DEDICA

# I. *La Notte*

Ricordo una vecchia città, rossa di mura e turrita, arsa su la pianura sterminata nell'Agosto torrido, con il lontano refrigerio di colline verdi e molli sullo sfondo. Archi enormemente vuoti di ponti sul fiume impaludato in magre stagnazioni plumbee: sagome nere di zingari mobili e silenziose sulla riva: tra il barbaglio lontano di un canneto lontane forme ignude di adolescenti e il profilo e la barba giudaica di un vecchio: e a un tratto dal mezzo dell'acqua morta le zingare e un canto, da la palude afona una nenia primordiale monotona e irritante: e del tempo fu sospeso il corso.

* * *

Inconsciamente io levai gli occhi alla torre barbara che dominava il viale lunghissimo dei platani. Sopra il silenzio fatto intenso essa riviveva il suo mito lontano e selvaggio: mentre per visioni lontane, per sensazioni oscure e violente un altro mito, anch'esso mistico e selvaggio mi ricorreva a tratti alla mente. Laggiù avevano tratto le lunghe vesti mollemente verso lo splendore vago della porta le passeggiatrici, le antiche: la campagna intorpidiva allora nella rete dei canali: fanciulle dalle acconciature agili, dai profili di medaglia, sparivano a tratti sui carrettini dietro gli svolti verdi. Un tocco di campana argentino e dolce di lontananza: la Sera: nella chiesetta solitaria, all'ombra delle modeste navate, io stringevo Lei, dalle carni rosee e dagli accesi occhi fuggitivi: anni ed anni ed anni fondevano nella dolcezza trionfale del ricordo.

* * *

Inconsciamente colui che io ero stato si trovava avviato verso la torre barbara, la mitica custode dei sogni dell'adolescenza. Saliva al silenzio delle straducole antichissime lungo le mura di chiese e di conventi: non si udiva il rumore dei suoi passi. Una piazzetta deserta, casupole schiacciate, finestre mute: a lato in un balenìo enorme la torre, otticuspide rossa impenetrabile arida. Una fontana del cinquecento taceva inaridita, la lapide spezzata nel mezzo del suo commento latino. Si svolgeva una strada acciottolata e deserta verso la città.

* * *

Fu scosso da una porta che si spalancò. Dei vecchi, delle forme oblique ossute e mute, si accalcavano spingendosi coi gomiti perforanti, terribili nella gran luce. Davanti alla faccia barbuta di un frate che sporgeva dal vano di una porta sostavano in un inchino trepidante servile, strisciavano via mormorando, rialzandosi poco a poco, trascinando uno ad uno le loro ombre lungo i muri rossastri e scalcinati, tutti simili ad ombra. Una donna dal passo dondolante e dal riso incosciente si univa e chiudeva il corteo.

* * *

Strisciavano le loro ombre lungo i muri rossastri e scalcinati: egli seguiva, autòma. Diresse alla donna una parola che cadde nel silenzio del meriggio: un vecchio si voltò a guardarlo con uno sguardo assurdo lucente e vuoto. E la donna sorrideva sempre di un sorriso molle nell'aridità meridiana, ebete e sola nella luce catastrofica.

* * *

Non seppi mai come, costeggiando torpidi canali, rividi la mia ombra che mi derideva nel fondo. Mi accompagnò per strade male odoranti dove le femmine cantavano nella caldura. Ai confini della campagna una porta incisa di colpi, guardata da una giovine femmina in veste rosa, pallida e grassa, la attrasse: entrai. Una antica e opulenta matrona, dal profilo di montone, coi neri capelli agilmente attorti sulla testa sculturale barbaramente decorata dall'occhio liquido come da una gemma nera dagli sfaccettamenti bizzarri sedeva, agitata da grazie infantili che rinascevano colla speranza traendo essa da un mazzo di carte lunghe e untuose strane teorie di regine languenti re fanti armi e cavalieri. Salutai e una voce conventuale, profonda e melodrammatica mi rispose insieme ad un grazioso sorriso aggrinzito. Distinsi nell'ombra l'ancella che dormiva colla bocca semiaperta, rantolante di un sonno pesante, seminudo il bel corpo agile e ambrato. Sedetti piano.

* * *

La lunga teoria dei suoi amori sfilava monotona ai miei orecchi. Antichi ritratti di famiglia erano sparsi sul tavolo untuoso. L'agile forma di donna dalla pelle ambrata stesa sul letto ascoltava curiosamente, poggiata sui gomiti come una Sfinge: fuori gli orti verdissimi tra i muri rosseggianti: noi soli tre vivi nel silenzio meridiano.

* * *

5

Era intanto calato il tramonto ed avvolgeva del suo oro il luogo commosso dai ricordi e pareva consacrarlo. La voce della Ruffiana si era fatta man mano più dolce, e la sua testa di sacerdotessa orientale compiaceva a pose languenti. La magia della sera, languida amica del criminale, era galeotta delle nostre anime oscure e i suoi fastigi sembravano promettere un regno misterioso. E la sacerdotessa dei piaceri sterili, l'ancella ingenua ed avida e il poeta si guardavano, anime infeconde inconsciamente cercanti il problema della loro vita. Ma la sera scendeva messaggio d'oro dei brividi freschi della notte.

* * *

Venne la notte e fu compiuta la conquista dell'ancella. Il suo corpo ambrato la sua bocca vorace i suoi ispidi neri capelli a tratti la rivelazione dei suoi occhi atterriti di voluttà intricarono una fantastica vicenda. Mentre più dolce, già presso a spegnersi ancora regnava nella lontananza il ricordo di Lei, la matrona suadente, la regina ancora ne la sua linea classica tra le sue grandi sorelle del ricordo: poi che Michelangiolo aveva ripiegato sulle sue ginocchia stanche di cammino colei che piega, che piega e non posa, regina barbara sotto il peso di tutto il sogno umano, e lo sbatter delle pose arcane e violente delle barbare travolte regine antiche aveva udito Dante spegnersi nel grido di Francesca là sulle rive dei fiumi che stanchi di guerra mettono foce, nel mentre sulle loro rive si ricrea la pena eterna dell'amore. E l'ancella, l'ingenua Maddalena dai capelli ispidi e dagli occhi brillanti chiedeva in sussulti dal suo corpo sterile e dorato, crudo e selvaggio, dolcemente chiuso nell'umiltà del suo mistero. La lunga notte piena degli inganni delle varie immagini.

* * *

Si affacciavano ai cancelli d'argento delle prime avventure le antiche immagini, addolcite da una vita d'amore, a proteggermi ancora col loro sorriso di una misteriosa incantevole tenerezza. Si aprivano le chiuse aule dove la luce affonda uguale dentro gli specchi all'infinito, apparendo le immagini avventurose delle cortigiane nella luce degli specchi impallidite nella loro attitudine di sfingi: e ancora tutto quello che era arido e dolce, sfiorite le rose della giovinezza, tornava a rivivere sul panorama scheletrico del mondo.

* * *

Nell'odore pirico di sera di fiera, nell'aria gli ultimi clangori, vedevo le antichissime fanciulle della prima illusione profilarsi a mezzo i ponti gettati da la città al sobborgo ne le sere dell'estate torrida: volte di tre quarti, udendo dal sobborgo il clangore che si accentua annunciando le lingue di fuoco delle lampade inquiete a trivellare l'atmosfera carica di luci orgiastiche: ora addolcite: nel già morto cielo dolci e rosate, alleggerite di un velo: così come Santa Marta, spezzati a terra gli strumenti, cessato già sui sempre verdi paesaggi il canto che il cuore di Santa Cecilia accorda col cielo latino, dolce e rosata presso il crepuscolo antico ne la linea eroica de la grande figura femminile romana sosta. Ricordi di zingare, ricordi d'amori lontani, ricordi di suoni e di luci: stanchezze d'amore, stanchezze improvvise sul letto di una taverna lontana, altra culla avventurosa di incertezza e di rimpianto: così quello che ancora era arido e dolce, sfiorite le rose de la giovinezza, sorgeva sul panorama scheletrico del mondo.

* * *

Ne la sera dei fuochi de la festa d'estate, ne la luce deliziosa e bianca, quando i nostri orecchi riposavano appena nel silenzio e i nostri occhi erano stanchi de le girandole di fuoco, de le stelle multicolori che avevano lasciato un odore pirico, una vaga gravezza rossa nell'aria, e il camminare accanto ci aveva illanguiditi esaltandoci di una nostra troppo diversa bellezza, lei fine e bruna, pura negli occhi e nel viso, perduto il barbaglio della collana dal collo ignudo, camminava ora a tratti inesperta stringendo il ventaglio. Fu attratta verso la baracca: la sua vestaglia bianca a fini strappi azzurri ondeggiò nella luce diffusa, ed io seguii il suo pallore segnato sulla sua fronte dalla frangia notturna dei suoi capelli. Entrammo. Dei visi bruni di autocrati, rasserenati dalla fanciullezza e dalla festa, si volsero verso di noi, profondamente limpidi nella luce. E guardammo le vedute. Tutto era di un'irrealtà spettrale. C'erano dei panorami scheletrici di città. Dei morti bizzarri guardavano il cielo in pose legnose. Una odalisca di gomma respirava sommessamente e volgeva attorno gli occhi d'idolo. E l'odore acuto della segatura che felpava i passi e il sussurrio delle signorine del paese attonite di quel mistero. «È così Parigi? Ecco Londra. La battaglia di Muckden.» Noi guardavamo intorno: doveva essere tardi. Tutte quelle cose viste per gli occhi magnetici delle lenti in quella luce di sogno! Immobile presso a me io la sentivo divenire lontana e straniera mentre il suo fascino si approfondiva sotto la frangia notturna dei suoi capelli. Si mosse. Ed io sentii con una punta d'amarezza tosto consolata che mai più le sarei stato vicino. La seguii dunque come si segue un sogno che si ama vano: così eravamo divenuti a un tratto lontani e stranieri dopo lo strepito della festa, davanti al panorama scheletrico del mondo.

* * *

Ero sotto l'ombra dei portici stillata di goccie e goccie di luce sanguigna ne la nebbia di una notte di dicembre. A un tratto una porta si era aperta in uno sfarzo di luce. In fondo avanti posava nello sfarzo di un'ottomana rossa il gomito reggendo la testa, poggiava il gomito reggendo la testa una matrona, gli occhi bruni vivaci, le mammelle enormi: accanto una fanciulla inginocchiata, ambrata e fine, i capelli recisi sulla fronte, con grazia giovanile, le gambe lisce e ignude dalla vestaglia smagliante: e sopra di lei, sulla matrona pensierosa negli occhi giovani una tenda, una tenda bianca di trina, una tenda che sembrava agitare delle immagini, delle immagini sopra di lei, delle immagini candide sopra di lei pensierosa negli occhi giovani. Sbattuto a la luce dall'ombra dei portici stillata di gocce e gocce di luce sanguigna io fissavo astretto attonito la grazia simbolica e avventurosa di quella scena. Già era tardi, fummo soli e tra noi nacque una intimità libera e la matrona dagli occhi giovani poggiata per sfondo la mobile tenda di trina parlò. La sua vita era un

7

lungo peccato: la lussuria. La lussuria ma tutta piena ancora per lei di curiosità irraggiungibili. «La femmina lo picchiettava tanto di baci da destra: da destra perché? Poi il piccione maschio restava sopra, immobile?, dieci minuti, perché?» Le domande restavano ancora senza risposta, allora lei spinta dalla nostalgia ricordava ricordava a lungo il passato. Fin che la conversazione si era illanguidita, la voce era taciuta intorno, il mistero della voluttà aveva rivestito colei che lo rievocava. Sconvolto, le lagrime agli occhi io in faccia alla tenda bianca di trina seguivo seguivo ancora delle fantasie bianche. La voce era taciuta intorno. La ruffiana era sparita. La voce era taciuta. Certo l'avevo sentita passare con uno sfioramento silenzioso struggente. Avanti alla tenda gualcita di trina la fanciulla posava ancora sulle ginocchia ambrate, piegate piegate con grazia di cinedo.

* * *

Faust era giovane e bello, aveva i capelli ricciuti. Le bolognesi somigliavano allora a medaglie siracusane e il taglio dei loro occhi era tanto perfetto che amavano sembrare immobili a contrastare armoniosamente coi lunghi riccioli bruni. Era facile incontrarle la sera per le vie cupe (la luna illuminava allora le strade) e Faust alzava gli occhi ai comignoli delle case che nella luce della luna sembravano punti interrogativi e restava pensieroso allo strisciare dei loro passi che si attenuavano. Dalla vecchia taverna a volte che raccoglieva gli scolari gli piaceva udire tra i calmi conversari dell'inverno bolognese, frigido e nebuloso come il suo, e lo schioccare dei ciocchi e i guizzi della fiamma sull'ocra delle volte i passi frettolosi sotto gli archi prossimi. Amava allora raccogliersi in un canto mentre la giovine ostessa, rosso il guarnello e le belle gote sotto la pettinatura fumosa passava e ripassava davanti a lui. Faust era giovane e bello. In un giorno come quello, dalla saletta tappezzata, tra i ritornelli degli organi automatici e una decorazione floreale, dalla saletta udivo la folla scorrere e i rumori cupi dell'inverno. Oh! ricordo!: ero giovine, la mano non mai quieta poggiata a sostenere il viso indeciso, gentile di ansia e di stanchezza. Prestavo allora il mio enigma alle sartine levigate e flessuose, consacrate dalla mia ansia del supremo amore, dall'ansia della mia fanciullezza tormentosa assetata. Tutto era mistero per la mia fede, la mia vita era tutta «un'ansia del segreto delle stelle, tutta un chinarsi sull'abisso». Ero bello di tormento, inquieto pallido assetato errante dietro le larve del mistero. Poi fuggii. Mi persi per il tumulto delle città colossali, vidi le bianche cattedrali levarsi congerie enorme di fede e di sogno colle mille punte nel cielo, vidi le Alpi levarsi ancora come più grandi cattedrali, e piene delle grandi ombre verdi degli abeti, e piene della melodia dei torrenti di cui udivo il canto nascente dall'infinito del sogno. Lassù tra gli abeti fumosi nella nebbia, tra i mille e mille ticchiettìi le mille voci del silenzio svelata una giovine luce tra i tronchi, per sentieri di chiarìe salivo: salivo alle Alpi, sullo sfondo bianco delicato mistero. Laghi, lassù tra gli scogli chiare gore vegliate dal sorriso del sogno, le chiare gore i laghi estatici dell'oblio che tu Leonardo fingevi. Il torrente mi raccontava oscuramente la storia. Io fisso tra le lance immobili degli abeti credendo a tratti vagare una nuova melodia selvaggia e pure triste forse fissavo le nubi che sembravano attardarsi curiose un istante su quel paesaggio profondo e spiarlo e svanire dietro le lance immobili degli abeti. E povero, ignudo, felice di essere povero ignudo, di riflettere un istante il paesaggio quale un ricordo incantevole ed orrido in fondo al mio cuore salivo: e giunsi giunsi là fino dove le nevi delle Alpi mi sbarravano il cammino. Una fanciulla nel torrente lavava, lavava e cantava nelle nevi delle bianche Alpi. Si volse, mi accolse, nella notte mi amò. E ancora sullo sfondo le Alpi il bianco delicato mistero, nel mio ricordo s'accese la purità della lampada stellare, brillò la luce della sera d'amore.

* * *

Ma quale incubo gravava ancora su tutta la mia giovinezza? O i baci i baci vani della fanciulla che lavava, lavava e cantava nella neve delle bianche Alpi! (le lagrime salirono ai miei occhi al ricordo). Riudivo il torrente ancora lontano: crosciava bagnando antiche città desolate, lunghe vie silenziose, deserte come dopo un saccheggio. Un calore dorato nell'ombra della stanza presente, una chioma profusa, un corpo rantolante procubo nella notte mistica dell'antico animale umano. Dormiva l'ancella dimentica nei suoi sogni oscuri: come un'icona bizantina, come un mito arabesco imbiancava in fondo il pallore incerto della tenda.

* * *

E allora figurazioni di un'antichissima libera vita, di enormi miti solari, di stragi di orge si crearono avanti al mio spirito. Rividi un'antica immagine, una forma scheletrica vivente per la forza misteriosa di un mito barbaro, gli occhi gorghi cangianti vividi di linfe oscure, nella tortura del sogno scoprire il corpo vulcanizzato, due chiazze due fori di palle di moschetto sulle sue mammelle estinte. Credetti di udire fremere le chitarre là nella capanna d'assi e di zingo sui terreni vaghi della citta, mentre una candela schiariva il terreno nudo. In faccia a me una matrona selvaggia mi fissava senza batter ciglio. La luce era scarsa sul terreno nudo nel fremere delle chitarre. A lato sul tesoro fiorente di una fanciulla in sogno la vecchia stava ora aggrappata come un ragno mentre pareva sussurrare all'orecchio parole che non udivo, dolci come il vento senza parole della Pampa che sommerge. La matrona selvaggia mi aveva preso: il mio sangue tiepido era certo bevuto dalla terra: ora la luce era più scarsa sul terreno nudo nell'alito metallizzato delle chitarre. A un tratto la fanciulla liberata esalò la sua giovinezza, languida nella sua grazia selvaggia, gli occhi dolci e acuti come un gorgo. Sulle spalle della bella selvaggia si illanguidì la grazia all'ombra dei capelli fluidi e la chioma augusta dell'albero della vita si tramò nella sosta sul terreno nudo invitando le chitarre il lontano sonno. Dalla Pampa si udì chiaramente un balzare uno scalpitare di cavalli selvaggi, il vento si udì chiaramente levarsi, lo scalpitare parve perdersi sordo nell'infinito. Nel quadro della porta aperta le stelle brillarono rosse e calde nella lontananza: l'ombra delle selvaggie nell'ombra.

## II. *Il viaggio e il ritorno*

Salivano voci e voci e canti di fanciulli e di lussuria per i ritorti vichi dentro dell'ombra ardente, al colle al colle. A l'ombra dei lampioni verdi le bianche colossali prostitute sognavano sogni vaghi nella luce bizzarra al vento. Il mare nel vento mesceva il suo sale che il vento mesceva e levava nell'odor lussurioso dei vichi, e la bianca notte mediterranea scherzava colle enormi forme delle femmine tra i tentativi bizzarri della fiamma di svellersi dal cavo dei lampioni. Esse guardavano la fiamma e cantavano canzoni di cuori in catene. Tutti i preludii erano taciuti oramai.

La notte, la gioia più quieta della notte era calata. Le porte moresche si caricavano e si attorcevano di mostruosi portenti neri nel mentre sullo sfondo il cupo azzurro si insenava di stelle. Solitaria troneggiava ora la notte accesa in tutto il suo brulicame di stelle e di fiamme. Avanti come una mostruosa ferita profondava una via. Ai lati dell'angolo delle porte, bianche cariatidi di un cielo artificiale sognavano il viso poggiato alla palma. Ella aveva la pura linea imperiale del profilo e del collo vestita di splendore opalino. Con rapido gesto di giovinezza imperiale traeva la veste leggera sulle sue spalle alle mosse e la sua finestra scintillava in attesa finché dolcemente gli scuri si chiudessero su di una duplice ombra. Ed il mio cuore era affamato di sogno, per lei, per l'evanescente come l'amore evanescente, la donatrice d'amore dei porti, la cariatide dei cieli di ventura. Sui suoi divini ginocchi, sulla sua forma pallida come un sogno uscito dagli innumerevoli sogni dell'ombra, tra le innumerevoli luci fallaci, l'antica amica, l'eterna Chimera teneva fra le mani rosse il mio antico cuore.

* * *

Ritorno. Nella stanza ove le schiuse sue forme dai velarii della luce io cinsi, un alito tardato: e nel crepuscolo la mia pristina lampada instella il mio cuor vago di ricordi ancora. Volti, volti cui risero gli occhi a fior del sogno, voi giovani aurighe per le vie leggere del sogno che inghirlandai di fervore: o fragili rime, o ghirlande d'amori notturni... Dal giardino una canzone si rompe in catena fievole di singhiozzi: la vena è aperta: arido rosso e dolce è il panorama scheletrico del mondo.

* * *

O il tuo corpo! il tuo profumo mi velava gli occhi: io non vedevo il tuo corpo (un dolce e acuto profumo): là nel grande specchio ignudo, nel grande specchio ignudo velato dai fumi di viola, in alto baciato di una stella di luce era il bello, il bello e dolce dono di un dio: e le timide mammelle erano gonfie di luce, e le stelle erano assenti, e non un Dio era nella sera d'amore di viola: ma tu leggera tu sulle mie ginocchia sedevi, cariatide notturna di un incantevole cielo. Il tuo corpo un aereo dono sulle mie ginocchia, e le stelle assenti, e non un Dio nella sera d'amore di viola: ma tu nella sera d'amore di viola: ma tu chinati gli occhi di viola, tu ad un ignoto cielo notturno che avevi rapito una melodia di carezze. Ricordo cara: lievi come l'ali di una colomba tu le tue membra posasti sulle mie nobili membra. Alitarono felici, respirarono la loro bellezza, alitarono a una più chiara luce le mie membra nella tua docile nuvola dai divini riflessi. O non accenderle! non accenderle! Non accenderle: tutto è vano vano è il sogno: tutto è vano tutto è sogno: Amore, primavera del sogno sei sola sei sola che appari nel velo dei fumi di viola. Come una nuvola bianca, come una nuvola bianca presso al mio cuore, o resta o resta o resta! Non attristarti o Sole!

Aprimmo la finestra al cielo notturno. Gli uomini come spettri vaganti: vagavano come gli spettri: e la città (le vie le chiese le piazze) si componeva in un sogno cadenzato, come per una melodia invisibile scaturita da quel vagare. Non era dunque il mondo abitato da dolci spettri e nella notte non era il sogno ridesto nelle potenze sue tutte trionfale? Qual ponte, muti chiedemmo, qual ponte abbiamo noi gettato sull'infinito, che tutto ci appare ombra di eternità? A quale sogno levammo la nostalgia della nostra bellezza? La luna sorgeva nella sua vecchia vestaglia dietro la chiesa bizantina.

### III. *Fine*

Nel tepore della luce rossa, dentro le chiuse aule dove la luce affonda uguale dentro gli specchi all'infinito fioriscono sfioriscono bianchezze di trine. La portiera nello sfarzo smesso di un giustacuore verde, le rughe del volto più dolci, gli occhi che nel chiarore velano il nero guarda la porta d'argento. Dell'amore si sente il fascino indefinito. Governa una donna matura addolcita da una vita d'amore con un sorriso con un vago bagliore che è negli occhi il ricordo delle lacrime della voluttà. Passano nella veglia opime di messi d'amore, leggere spole tessenti fantasie multicolori, errano, polvere luminosa che posa nell'enigma degli specchi. La portiera guarda la porta d'argento. Fuori è la notte chiomata di muti canti, pallido amor degli erranti.

## La Chimera

Non so se tra roccie il tuo pallido
Viso m'apparve, o sorriso
Di lontananze ignote
Fosti, la china eburnea
Fronte fulgente o giovine
Suora de la Gioconda:
O delle primavere
Spente, per i tuoi mitici pallori
O Regina o Regina adolescente:
Ma per il tuo ignoto poema
Di voluttà e di dolore
Musica fanciulla esangue,
Segnato di linea di sangue
Nel cerchio delle labbra sinuose,
Regina de la melodia:
Ma per il vergine capo
Reclino, io poeta notturno
Vegliai le stelle vivide nei pelaghi del cielo,
Io per il tuo dolce mistero
Io per il tuo divenir taciturno.
Non so se la fiamma pallida
Fu dei capelli il vivente
Segno del suo pallore,
Non so se fu un dolce vapore,
Dolce sul mio dolore,
Sorriso di un volto notturno:
Guardo le bianche rocce le mute fonti dei venti
E l'immobilità dei firmamenti
E i gonfi rivi che vanno piangenti
E l'ombre del lavoro umano curve là sui poggi algenti
E ancora per teneri cieli lontane chiare ombre correnti
E ancora ti chiamo ti chiamo Chimera.

## Giardino autunnale (Firenze)

Al giardino spettrale al lauro muto
De le verdi ghirlande
A la terra autunnale
Un ultimo saluto!
A l'aride pendici
Aspre arrossate nell'estremo sole
Confusa di rumori
Rauchi grida la lontana vita:
Grida al morente sole
Che insanguina le aiole.
S'intende una fanfara
Che straziante sale: il fiume spare
Ne le arene dorate: nel silenzio
Stanno le bianche statue a capo i ponti
Volte: e le cose già non sono più.
E dal fondo silenzio come un coro
Tenero e grandioso
Sorge ed anela in alto al mio balcone:
E in aroma d'alloro,
In aroma d'alloro acre languente,
Tra le statue immortali nel tramonto
Ella m'appar, presente.


## La speranza (sul torrente notturno)

Per l'amor dei poeti
Principessa dei sogni segreti
Nell'ali dei vivi pensieri ripeti ripeti
Principessa i tuoi canti:
O tu chiomata di muti canti
Pallido amor degli erranti
Soffoca gli inestinti pianti
Da' tregua agli amori segreti
Chi le taciturne porte
Guarda che la Notte
Ha aperte sull'infinito?
Chinan l'ore: col sogno vanito
China la pallida Sorte ...........................
..................................................................
Per l'amor dei poeti, porte
Aperte de la morte

Su l'infinito!
Per l'amor dei poeti
Principessa il mio sogno vanito
Nei gorghi de la Sorte!


## L'invetriata

La sera fumosa d'estate
Dall'alta invetriata mesce chiarori nell'ombra
E mi lascia nel cuore un suggello ardente.
Ma chi ha (sul terrazzo sul fiume si accende una lampada) chi ha
A la Madonnina del Ponte chi è chi è che ha acceso la lampada? – C'è
Nella stanza un odor di putredine: c'è
Nella stanza una piaga rossa languente.
Le stelle sono bottoni di madreperla e la sera si veste di velluto:
E tremola la sera fatua: è fatua la sera e tremola ma c'è
Nel cuore della sera c'è
Sempre una piaga rossa languente.


## Il canto della tenebra

La luce del crepuscolo si attenua:
Inquieti spiriti sia dolce la tenebra
Al cuore che non ama più!
Sorgenti sorgenti abbiam da ascoltare,
Sorgenti sorgenti che sanno
Sorgenti che sanno che spiriti stanno
Che spiriti stanno a ascoltare...
Ascolta: la luce del crepuscolo attenua
Ed agli inquieti spiriti è dolce la tenebra:
Ascolta: ti ha vinto la Sorte:
Ma per i cuori leggeri un'altra vita è alle porte:
Non c'è di dolcezza che possa uguagliare la Morte
Più Più Più
Intendi chi ancora ti culla:
Intendi la dolce fanciulla
Che dice all'orecchio: Più Più
Ed ecco si leva e scompare
Il vento: ecco torna dal mare
Ed ecco sentiamo ansimare
Il cuore che ci amò di più!
Guardiamo: di già il paesaggio

Degli alberi e l'acque è notturno
Il fiume va via taciturno...
Pùm! mamma quell'omo lassù!


## La sera di fiera

Il cuore stasera mi disse: non sai?
La rosabruna incantevole
Dorata da una chioma bionda:
E dagli occhi lucenti e bruni: colei che di grazia imperiale
Incantava la rosea
Freschezza dei mattini:
E tu seguivi nell'aria
La fresca incarnazione di un mattutino sogno:
E soleva vagare quando il sogno
E il profumo velavano le stelle
(Che tu amavi guardar dietro i cancelli
Le stelle le pallide notturne):
Che soleva passare silenziosa
E bianca come un volo di colombe
Certo è morta: non sai?
Era la notte
Di fiera della perfida Babele
Salente in fasci verso un cielo affastellato un paradiso di fiamma
In lubrici fischi grotteschi
E tintinnare d'angeliche campanelle
E gridi e voci di prostitute
E pantomime d'Ofelia
Stillate dall'umile pianto delle lampade elettriche
.........................................................................
Una canzonetta volgaruccia era morta
E mi aveva lasciato il cuore nel dolore
E me ne andavo errando senz'amore
Lasciando il cuore mio di porta in porta:
Con Lei che non è nata eppure è morta
E mi ha lasciato il cuore senz'amore:
Eppure il cuore porta nel dolore:
Lasciando il cuore mio di porta in porta.


## La petite promenade du poète

Me ne vado per le strade

Strette oscure e misteriose:
Vedo dietro le vetrate
Affacciarsi Gemme e Rose.
Dalle scale misteriose
C'è chi scende brancolando:
Dietro i vetri rilucenti
Stan le ciane commentando.

.........................................

La stradina è solitaria:
Non c'è un cane: qualche stella
Nella notte sopra i tetti:
E la notte mi par bella.
E cammino poveretto
Nella notte fantasiosa,
Pur mi sento nella bocca
La saliva disgustosa. Via dal tanfo
Via dal tanfo e per le strade
E cammina e via cammina
Già le case son più rade.
Trovo l'erba: mi ci stendo
A conciarmi come un cane:
Da lontano un ubriaco
Canta amore alle persiane.


# La Verna


## I. La Verna (Diario)

*15 Settembre (per la strada di Campigno)*


Tre ragazze e un ciuco per la strada mulattiera che scendono. I complimenti vivaci degli stradini che riparano la via. Il ciuco che si voltola in terra. Le risa. Le imprecazioni montanine. Le roccie e il fiume.

.............................................................................................................................

La Falterona è ancora avvolta di nebbie. Vedo solo canali rocciosi che le venano i fianchi e si perdono nel cielo di nebbie che le onde alterne del sole non riescono a diradare. La pioggia à reso cupo il grigio delle montagne. Davanti alla fonte hanno stazionato a lungo i Castagnini attendendo il sole, aduggiati da una notte di pioggia nelle loro stamberghe allagate. Una ragazza in ciabatte passa che dice rimessamente: un giorno la piena ci porterà tutti. Il torrente gonfio nel suo rumore cupo commenta tutta questa miseria. Guardo oppresso le roccie ripide della Falterona: dovrò salire, salire. Nel presbiterio trovo una lapide ad Andrea del Castagno. Mi colpisce il tipo delle ragazze: viso legnoso, occhi cupi incavati, toni bruni su toni giallognoli: contrasta con una così semplice antica grazia toscana del profilo e del collo che riesce a renderle piacevoli! forse. Come differente la sera di Campigno: come mistico il paesaggio, come bella la povertà delle sue casupole! Come incantate erano sorte per me le stelle nel cielo dallo sfondo lontano dei dolci avvallamenti dove sfumava la valle barbarica, donde veniva il torrente inquieto e cupo di profondità! Io sentivo le stelle sorgere e collocarsi luminose su quel mistero. Alzando gli occhi alla roccia a picco altissima che si intagliava in un semicerchio dentato contro il violetto crepuscolare, arco solitario e magnifico teso in forza di catastrofe sotto gli ammucchiamenti inquieti di rocce all'agguato dell'infinito, io non ero non ero rapito di scoprire nel cielo luci ancora luci. E, mentre il tempo fuggiva invano per me, un canto, le lunghe onde di un triplice coro salienti a lanci la roccia, trattenute ai confini dorati della notte dall'eco che nel seno petroso le rifondeva allungate, perdute.

Il canto fu breve: una pausa, un commento improvviso e misterioso e la montagna riprese il suo sogno catastrofico. Il canto breve: le tre fanciulle avevano espresso disperatamente nella cadenza millenaria la loro pena breve ed oscura e si erano taciute nella notte! Tutte le finestre nella valle erano accese. Ero solo.

Le nebbie sono scomparse: esco. Mi rallegra il buon odore casalingo di spigo e di lavanda dei paesetti toscani. La chiesa ha un portico a colonnette quadrate di sasso intero, nudo ed elegante, semplice e austero, veramente toscano. Tra i cipressi scorgo altri portici. Su una costa una croce apre le braccia ai vastissimi fianchi della Falterona, spoglia di macchie, che scopre la sua costruttura sassosa. Con una fiamma pallida e fulva bruciano le erbe del camposanto.



La Falterona verde nero e argento: la tristezza solenne della Falterona che si gonfia come un enorme cavallone pietrificato, che lascia dietro a sé una cavalleria di screpolature screpolature e screpolature nella roccia fino ai ribollimenti arenosi di colline laggiù sul piano di Toscana: Castagno, casette di macigno disperse a mezza costa, finestre che ho visto accese: così a le creature del paesaggio cubistico, in luce appena dorata di occhi interni tra i fini capelli vegetali il rettangolo della testa in linea occultamente fine dai fini tratti traspare il sorriso di Cerere bionda: limpidi sotto la linea del sopra ciglio nero i chiari occhi grigi: la dolcezza della linea delle labbra, la serenità del sopra ciglio memoria della poesia toscana che fu.

(Tu già avevi compreso o Leonardo, o divino primitivo!)



*Campigna, foresta della Falterona*

(Le case quadrangolari in pietra viva costruite dai Lorena restano vuote e il viale dei tigli dà un tono romantico alla solitudine dove i potenti della terra si sono fabbricate le loro dimore. La sera scende dalla cresta alpina e si accoglie nel seno verde degli abeti.)

Dal viale dei tigli io guardavo accendersi una stella solitaria sullo sprone alpino e la selva antichissima addensare l'ombra e i profondi fruscìi del silenzio. Dalla cresta acuta nel cielo, sopra il mistero assopito della selva io scorsi andando pel viale dei tigli la vecchia amica luna che sorgeva in nuova veste rossa di fumi di rame: e risalutai l'amica senza stupore come se le profondità selvaggie dello sprone l'attendessero levarsi dal paesaggio ignoto. Io per il viale dei tigli andavo intanto difeso dagli incanti mentre tu sorgevi e sparivi dolce amica luna, solitario e fumigante vapore sui barbari recessi. E non guardai più la tua strana faccia ma volli andare ancora a lungo pel viale se udissi la tua rossa aurora nel sospiro della vita notturna delle selve.

*Stia, 20 Settembre*

Nell'albergo un vecchio milanese cavaliere parla dei suoi amori lontani a una signora dai capelli bianchi e dal viso di bambina. Lei calma gli spiega le stranezze del cuore: lui ancora stupisce e si affanna: qua nell'antico paese chiuso dai boschi. Ho lasciato Castagno: ho salito la Falterona lentamente seguendo il corso del torrente rubesto: ho riposato nella limpidezza angelica dell'alta montagna addolcita di toni cupi per la pioggia recente, ingemmata nel cielo coi contorni nitidi e luminosi che mi facevano sognare davanti alle colline dei quadri antichi. Ho sostato nelle case di Campigna. Son sceso per interminabili valli selvose e deserte con improvvisi sfondi di un paesaggio promesso, un castello isolato e lontano: e al fine Stia, bianca elegante tra il verde, melodiosa di castelli sereni: il primo saluto della vita felice del paese nuovo: la poesia toscana ancor viva nella piazza sonante di voci tranquille, vegliata dal castello antico: le signore ai balconi poggiate il puro profilo languidamente nella sera: l'ora di grazia della giornata, di riposo e di oblio.

Al di fuori si è fatta la quiete: il colloquio fraterno del cavaliere continua:

Comme deux ennemis rompus

Que leur haine ne soutient plus

Et qui laissent tomber leurs armes!

Io vidi dalle solitudini mistiche staccarsi una tortora e volare distesa verso le valli immensamente aperte. Il paesaggio cristiano segnato di croci inclinate dal vento ne fu vivificato misteriosamente. Volava senza fine sull'ali distese, leggera come una barca sul mare. Addio colomba, addio! Le altissime colonne di roccia della Verna si levavano a picco grigie nel crepuscolo, tutt'intorno rinchiuse dalla foresta cupa.

Incantevolmente cristiana fu l'ospitalità dei contadini là presso. Sudato mi offersero acqua. «In un'ora arriverete alla Verna, se Dio vole.» Una ragazzina mi guardava cogli occhi neri un po' tristi, attonita sotto l'ampio cappello di paglia. In tutti un raccoglimento inconscio, una serenità conventuale addolciva a tutti i tratti del volto. Ricorderò per molto tempo ancora la ragazzina e i suoi occhi conscii e tranquilli sotto il cappellone monacale.

Sulle stoppie interminabili sempre più alte si alzavano le torri naturali di roccia che reggevano la casetta conventuale rilucente di dardi di luce nei vetri occidui.

Si levava la fortezza dello spirito, le enormi rocce gettate in cataste da una legge violenta verso il cielo, pacificate dalla natura prima che le aveva coperte di verdi selve, purificate poi da uno spirito d'amore infinito: la meta che aveva pacificato gli urti dell'ideale che avevano fatto strazio, a cui erano sacre pure supreme commozioni della mia vita.

*22 Settembre (La Verna)*

«Francesca B. O divino santo Francesco pregate per me peccatrice. 20 Agosto 189...»

Me ne sono andato per la foresta con un ricordo risentendo la prima ansia. Ricordavo gli occhi vittoriosi, la linea delle ciglia: forse mai non aveva saputo: ed ora la ritrovavo al termine del mio pellegrinaggio che rompeva in una confessione così dolce, lassù lontano da tutto. Era scritta a metà del corridoio dove si svolge la Via Crucis della vita di S. Francesco: (dalle inferriate sale l'alito gelido degli antri). A metà, davanti alle semplici figure d'amore il suo cuore si era aperto ad un grido ad una lacrima di passione, così il destino era consumato!

Antri profondi, fessure rocciose dove una scaletta di pietra si sprofonda in un'ombra senza memoria, ripidi colossali bassorilievi di colonne nel vivo sasso: e nella chiesa l'angiolo, purità dolce che il giglio divide e la Vergine eletta, e un cirro azzurreggia nel cielo e un'anfora classica rinchiude la terra ed i gigli: che appare nello scorcio giusto in cui appare il sogno, e nella nuvola bianca della sua bellezza che posa un istante il ginocchio a terra, lassù così presso al cielo:

...............................................................................................................................

stradine solitarie tra gli alti colonnarii d'alberi contente di una lieve stria di sole ..........................
finché io là giunsi indove avanti a una vastità velata di paesaggio una divina dolcezza notturna mi si
discoprì nel mattino, tutto velato di chiarìe il verde, sfumato e digradante all'infinito: e pieno delle

potenze delle sue profilate catene notturne. Caprese, Michelangiolo, colei che tu piegasti sulle sue ginocchia stanche di cammino, che piega che piega e non posa, nella sua posa arcana come le antiche sorelle, le barbare regine antiche sbattute nel turbine del canto di Dante, regina barbara sotto il        peso        di        tutto        il        sogno        umano

..........................................................................................................................

Il corridoio, alitato dal gelo degli antri, si veste tutto della leggenda Francescana. Il santo appare come l'ombra di Cristo, rassegnata, nata in terra d'umanesimo, che accetta il suo destino nella solitudine. La sua rinuncia è semplice e dolce: dalla sua solitudine intona il canto alla natura con fede: Frate Sole, Suor Acqua, Frate Lupo. Un caro santo italiano. Ora hanno rivestito la sua cappella scavata nella viva roccia. Corre tutt'intorno un tavolato di noce dove con malinconia potente un frate................ da Bibbiena intarsiò mezze figure di santi monaci. La semplicità bizzarra del disegno bianco risalta quando l'oro del tramonto tenta versarsi dall'invetriata prossima nella penombra della cappella. Acquistano allora quei sommarii disegni un fascino bizzarro e nostalgico. Bianchi sul tono ricco del noce sembrano rilevarsi i profili ieratici dal breve paesaggio claustrale da cui sorgono decollati, figure di una santità fatta spirito, linee rigide enigmatiche di grandi anime ignote. Un frate decrepito nella tarda ora si trascina nella penombra dell'altare, silenzioso nel saio villoso, e prega le preghiere d'ottanta anni d'amore. Fuori il tramonto s'intorbida. Strie minacciose di ferro si gravano sui monti prospicenti lontane. Il sogno è al termine e l'anima improvvisamente sola cerca un appoggio una fede nella triste ora. Lontano si vedono lentamente sommergersi le vedette mistiche e guerriere dei castelli del Casentino. Intorno è un grande silenzio un grande vuoto nella luce falsa dai freddi bagliori che ancora guizza sotto le strette della penombra. E corre la memoria ancora alle signore gentili dalle bianche braccia ai balconi laggiù: come in un sogno: come in un sogno cavalleresco!

Esco: il piazzale è deserto. Seggo sul muricciolo. Figure vagano, facelle vagano e si spengono: i frati si congedano dai pellegrini. Un alito continuo e leggero soffia dalla selva in alto, ma non si ode né il frusciare della massa oscura né il suo fluire per gli antri. Una campana dalla chiesetta francescana tintinna nella tristezza del chiostro: e pare il giorno dall'ombra, il giorno piagner che si muore.

## II. Ritorno

### Salgo (nello spazio, fuori del tempo)

L'acqua il vento
La sanità delle prime cose —
Il lavoro umano sull'elemento
Liquido — la natura che conduce
Strati di rocce su strati — il vento
Che scherza nella valle — ed ombra del vento
La nuvola — il lontano ammonimento
Del fiume nella valle —
E la rovina del contrafforte — la frana
La vittoria dell'elemento — il vento
Che scherza nella valle.
Su la lunghissima valle che sale in scale
La casetta di sasso sul faticoso verde:
La bianca immagine dell'elemento.


La tellurica melodia della Falterona. Le onde telluriche. L'ultimo asterisco della melodia della Falterona s'insclva nelle nuvole. Su la costa lontana traluce la linea vittoriosa dei giovani abeti, l'avanguardia dei giganti giovinetti serrati in battaglia, felici nel sole lungo la lunga costa torrenziale. In fondo, nel frusciar delle nere selve sempre più avanti accampanti lo scoglio enorme che si ripiega grottesco su sé stesso, pachiderma a quattro zampe sotto la massa oscura: la Verna. E varco e varco.

Campigno: paese barbarico, fuggente, paese notturno, mistico incubo del caos. Il tuo abitante porge la notte dell'antico animale umano nei suoi gesti. Nelle tue mosse montagne l'elemento grottesco profila: un gaglioffo, una grossa puttana fuggono sotto le nubi in corsa. E le tue rive bianche come le nubi, triangolari, curve come gonfie vele: paese barbarico, fuggente, paese notturno, mistico incubo del Caos.

........................................................................................................................................................

Riposo ora per l'ultima volta nella solitudine della foresta. Dante la sua poesia di movimento, mi torna tutta in memoria. O pellegrino, o pellegrini che pensosi andate! Catrina, bizzarra figlia della montagna barbarica, della conca rocciosa dei venti, come è dolce il tuo pianto: come è dolce quando tu assistevi alla scena di dolore della madre, della madre che aveva morto l'ultimo figlio. Una delle pie donne a lei dintorno, inginocchiata cercava di consolarla: ma lei non voleva essere consolata, ma lei gettata a terra voleva piangere tutto il suo pianto. Figura del Ghirlandaio, ultima figlia della poesia toscana che fu, tu scesa allora dal tuo cavallo tu allora guardavi: tu che nella profluvie ondosa dei tuoi capelli salivi, salivi con la tua compagnia, come nelle favole d'antica poesia: e già dimentica dell'amor del poeta.

Un usignolo canta tra i rami del noce. Il poggio è troppo bello sul cielo troppo azzurro. Il fiume canta bene la sua cantilena. È un'ora che guardo lo spazio laggiù e la strada a mezza costa del poggio che vi conduce. Quassù abitano i falchi. La pioggia leggera d'estate batteva come un ricco accordo sulle foglie del noce. Ma le foglie dell'acacia albero caro alla notte si piegavano senza rumore come un'ombra verde. L'azzurro si apre tra questi due alberi. Il noce è davanti alla finestra della mia stanza. Di notte sembra raccogliere tutta l'ombra e curvare le cupe foglie canore come una messe di canti sul tronco rotondo lattiginoso quasi umano: l'acacia sa profilarsi come un chimerico fumo. Le stelle danzavano sul poggio deserto. Nessuno viene per la strada. Mi piace dai balconi guardare la campagna deserta abitata da alberi sparsi, anima della solitudine forgiata di vento. Oggi che il cielo e il paesaggio erano così dolci dopo la pioggia pensavo alle signorine di Maupassant e di Jammes chine l'ovale pallido sulla tappezzeria memore e sulle stampe. Il fiume riprende la sua cantilena. Vado via. Guardo ancora la finestra: la costa è un quadretto d'oro nello squittire dei falchi.



Per rendere il paesaggio, il paese vergine che il fiume docile a valle solo riempie del suo rumore di tremiti freschi, non basta la pittura, ci vuole l'acqua, l'elemento stesso, la melodia docile dell'acqua che si stende tra le forre all'ampia rovina del suo letto, che dolce come l'antica voce dei venti incalza verso le valli in curve regali: poi ché essa è qui veramente la regina del paesaggio.

........................................................................................................................................

Valdervé è una costa interamente alpina che scende a tratti a dirupi e getta sull'acqua il suo piedistallo come la zanna del leone. L'acqua volge con tonfi chiari e profondi lasciando l'alto scenario pastorale di grandi alberi e colline.

........................................................................................................................................

Ecco le rocce, strati su strati, monumenti di tenacia solitaria che consolano il cuore degli uomini. E dolce mi è sembrato il mio destino fuggitivo al fascino dei lontani miraggi di ventura che ancora arridono dai monti azzurri: e a udire il sussurrare dell'acqua sotto le nude rocce, fresca ancora delle profondità della terra. Così conosco una musica dolce nel mio ricordo senza ricordarmene neppure una nota: so che si chiama la partenza o il ritorno: conosco un quadro perduto tra lo splendore dell'arte fiorentina colla sua parola di dolce nostalgia: è il figliuol prodigo all'ombra degli alberi della casa paterna. Letteratura? Non so. Il mio ricordo, l'acqua è così. Dopo gli sfondi spirituali senza spirito, dopo l'oro crepuscolare, dolce come il canto dell'onnipresente tenebra è il canto dell'acqua sotto le rocce: così come è dolce l'elemento nello splendore nero degli occhi delle vergini spagnole: e come le corde delle chitarre di Spagna.... Ribera, dove vidi le tue danze arieggiate di secchi accordi? Il tuo satiro aguzzo alla danza dei vittoriosi accordi? E in contro l'altra tua faccia, il cavaliere della morte, l'altra tua faccia cuore profondo, cuore danzante, satiro cinto di pampini danzante sulla sacra oscenità di Sileno? Nude scheletriche stampe, sulla rozza parete in un meriggio torrido fantasmi della pietra....

..................................................................................................................................................

Ascolto. Le fontane hanno taciuto nella voce del vento. Dalla roccia cola un filo d'acqua in un incavo. Il vento allenta e raffrena il morso del lontano dolore. Ecco son volto. Tra le rocce crepuscolari una forma nera cornuta immobile mi guarda immobile con occhi d'oro.

..................................................................................................................................................

Laggiù nel crepuscolo la pianura di Romagna. O donna sognata, donna adorata, donna forte, profilo nobilitato di un ricordo di immobilità bizantina, in linee dolci e potenti testa nobile e mitica dorata dell'enigma delle sfingi: occhi crepuscolari in paesaggio di torri là sognati sulle rive della guerreggiata pianura, sulle rive dei fiumi bevuti dalla terra avida là dove si perde il grido di Francesca: dalla mia fanciullezza una voce liturgica risuonava in preghiera lenta e commossa: e tu da quel ritmo sacro a me commosso sorgevi, già inquieto di vaste pianure, di lontani miracolosi destini: risveglia la mia speranza sull'infinito della pianura o del mare sentendo aleggiare un soffio di grazia: nobiltà carnale e dorata, profondità dorata degli occhi: guerriera, amante, mistica, benigna di nobiltà umana antica Romagna.

..................................................................................................................................................

L'acqua del mulino corre piana e invisibile nella gora. Rivedo un fanciullo, lo stesso fanciullo, laggiù steso sull'erba. Sembra dormire. Ripenso alla mia fanciullezza: quanto tempo è trascorso da quando i bagliori magnetici delle stelle mi dissero per la prima volta dell'infinità delle morti!... Il tempo è scorso, si è addensato, è scorso: così come l'acqua scorre, immobile per quel fanciullo: lasciando dietro a sé il silenzio, la gora profonda e uguale: conservando il silenzio come ogni giorno l'ombra...

Quel fanciullo o quella immagine proiettata dalla mia nostalgia? Così immobile laggiù: come il mio cadavere.

*Marradi (Antica volta. Specchio velato)*

Il mattino arride sulle cime dei monti. In alto sulle cuspidi di un triangolo desolato si illumina il castello, più alto e più lontano. Venere passa in barroccio accoccolata per la strada conventuale. Il fiume si snoda per la valle: rotto e muggente a tratti canta e riposa in larghi specchi d'azzurro: e più veloce trascorre le mura nere (una cupola rossa ride lontana con il suo leone) e i campanili si affollano e nel nereggiare inquieto dei tetti al sole una lunga veranda che ha messo un commento variopinto di archi!

*Presso Marradi (ottobre)*

Son capitato in mezzo a bona gente. La finestra della mia stanza che affronta i venti: e la... e il figlio, povero uccellino dai tratti dolci e dall'anima indecisa, povero uccellino che trascina una gamba rotta, e il vento che batte alla finestra dall'orizzonte annuvolato i monti lontani ed alti, il rombo monotono del vento. Lontano è caduta la neve....... La padrona zitta mi rifà il letto aiutata dalla fanticella. Monotona dolcezza della vita patriarcale. Fine del pellegrinaggio.


## Immagini del viaggio e della montagna


...poi che nella sorda lotta notturna
La più potente anima seconda ebbe frante le nostre catene
Noi ci svegliammo piangendo ed era l'azzurro mattino:
Come ombre d'eroi veleggiavano:
De l'alba non ombre nei puri silenzii
De l'alba
Nei puri pensieri
Non ombre
De l'alba non ombre:
Piangendo: giurando noi fede all'azzurro
.............................................................................
.............................................................................
Pare la donna che siede pallida giovine ancora
Sopra dell'erta ultima presso la casa antica:
Avanti a lei incerte si snodano le valli
Verso le solitudini alte de gli orizzonti:
La gentile canuta il cuculo sente a cantare.
E il semplice cuore provato negli anni
A le melodie della terra
Ascolta quieto: le note
Giungon, continue ambigue come in un velo di seta.
Da selve oscure il torrente
Sorte ed in torpidi gorghi la chiostra di rocce
Lambe ed involge aereo cilestrino...
E il cuculo cola più lento due note velate
Nel silenzio azzurrino
.............................................................................
.............................................................................
L'aria ride: la tromba a valle i monti
Squilla: la massa degli scorridori
Si scioglie: ha vivi lanci: i nostri cuori
Balzano: e grida ed oltrevarca i ponti.
E dalle altezze agli infiniti albori

Vigili, calan trepidi pei monti,
Tremuli e vaghi nelle vive fonti,
Gli echi dei nostri due sommessi cuori...
Hanno varcato in lunga teoria:
Nell'aria non so qual bacchico canto
Salgono: e dietro a loro il monte introna:
.................................................................
E si distingue il loro verde canto.
.................................................................
.................................................................
Andar, de l'acque ai gorghi, per la china
Valle, nel sordo mormorar sfiorato:
Seguire un'ala stanca per la china
Valle che batte e volge: desolato
Andar per valli, in fin che in azzurrina
Serenità, dall'aspre rocce dato
Un Borgo in grigio e vario torreggiare
All'alterno pensier pare e dispare,
Sovra l'arido sogno, serenato!
O se come il torrente che rovina
E si riposa nell'azzurro eguale,
Se tale a le tue mura la proclina
Anima al nulla nel suo andar fatale,
Se alle tue mura in pace cristallina
Tender potessi, in una pace uguale,
E il ricordo specchiar di una divina
Serenità perduta o tu immortale
Anima! o Tu!
.................................................................
.................................................................
La messe, intesa al misterioso coro
Del vento, in vie di lunghe onde tranquille
Muta e gloriosa per le mie pupille
Discioglie il grembo delle luci d'oro.
O Speranza! O Speranza! a mille a mille
Splendono nell'estate i frutti! un coro
Ch'è incantato, è al suo murmure, canoro
Che vive per miriadi di faville!...
.................................................................
Ecco la notte: ed ecco vigilarmi
E luci e luci: ed io lontano e solo:
Quieta è la messe, verso l'infinito
(Quieto è lo spirto) vanno muti carmi
A la notte: a la notte: intendo: Solo
Ombra che torna, ch'era dipartito...

## Viaggio a Montevideo

Io vidi dal ponte della nave
I colli di Spagna
Svanire, nel verde
Dentro il crepuscolo d'oro la bruna terra celando
Come una melodia:
D'ignota scena fanciulla sola
Come una melodia
Blu, su la riva dei colli ancora tremare una viola...
Illanguidiva la sera celeste sul mare:
Pure i dorati silenzii ad ora ad ora dell'ale
Varcaron lentamente in un azzurreggiare:...
Lontani tinti dei varii colori
Dai più lontani silenzii
Ne la celeste sera varcaron gli uccelli d'oro: la nave
Già cieca varcando battendo la tenebra
Coi nostri naufraghi cuori
Battendo la tenebra l'ale celeste sul mare.
Ma un giorno
Salirono sopra la nave le gravi matrone di Spagna
Da gli occhi torbidi e angelici
Dai seni gravidi di vertigine. Quando
In una baia profonda di un'isola equatoriale
In una baia tranquilla e profonda assai più del cielo notturno
Noi vedemmo sorgere nella luce incantata
Una bianca città addormentata
Ai piedi dei picchi altissimi dei vulcani spenti
Nel soffio torbido dell'equatore: finché
Dopo molte grida e molte tenebre di un paese ignoto,
Dopo molto cigolìo di catene e molto acceso fervore
Noi lasciammo la città equatoriale
Verso l'inquieto mare notturno.
Andavamo andavamo, per giorni e per giorni: le navi
Gravi di vele molli di caldi soffi incontro passavano lente:
Sì presso di sul cassero a noi ne appariva bronzina
Una fanciulla della razza nuova,
Occhi lucenti e le vesti al vento! ed ecco: selvaggia a la fine di un giorno che apparve
La riva selvaggia là giù sopra la sconfinata marina:
E vidi come cavalle
Vertiginose che si scioglievano le dune
Verso la prateria senza fine

Deserta senza le case umane
E noi volgemmo fuggendo le dune che apparve
Su un mare giallo della portentosa dovizia del fiume,
Del continente nuovo la capitale marina.
Limpido fresco ed elettrico era il lume
Della sera e là le alte case parevan deserte
Laggiù sul mar del pirata
De la città abbandonata
Tra il mare giallo e le dune ...............................................
.......................................................................................


## Fantasia su un quadro d'Ardengo Soffici

Faccia, zig zag anatomico che oscura
La passione torva di una vecchia luna
Che guarda sospesa al soffitto
In una taverna café chantant
D'America: la rossa velocità
Di luci funambola che tanga
Spagnola cinerina
Isterica in tango di luci si disfà:
Che guarda nel café chantant
D'America:
Sul piano martellato tre
Fiammelle rosse si sono accese da sé.


## Firenze (Uffizii)

Entro dei ponti tuoi multicolori
L'Arno presago quietamente arena
E in riflessi tranquilli frange appena
Archi severi tra sfiorir di fiori.
.......................................................................................
Azzurro l'arco dell'intercolonno
Trema rigato tra i palazzi eccelsi
Candide righe nell'azzurro, persi
Voli: su bianca gioventù in colonne.


## Batte botte

Ne la nave

Che si scuote,
Con le navi che percuote
Di un'aurora
Sulla prora
Splende un occhio
Incandescente:
(Il mio passo
Solitario
Beve l'ombra
Per il Quasi)
Ne la luce
Uniforme
Da le navi
A la città
Solo il passo
Che a la notte
Solitario
Si percuote
Per la notte
Dalle navi
Solitario
Ripercuote:
Così vasta
Così ambigua
Per la notte
Così pura!
L'acqua (il mare
Che n'esala?)
A le rotte
Ne la notte
Batte: cieco
Per le rotte
Dentro l'occhio
Disumano
De la notte
Di un destino
Ne la notte
Più lontano
Per le rotte
De la notte
Il mio passo
Batte botte.

# Firenze

Fiorenza giglio di potenza virgulto primaverile. Le mattine di primavera sull'Arno. La grazia degli adolescenti (che non è grazia al mondo che vinca tua grazia d'Aprile), vivo vergine continuo alito, fresco che vivifica i marmi e fa nascere Venere Botticelliana: I pollini del desiderio gravi da tutte le forme scultoree della bellezza, l'alto Cielo spirituale, le linee delle colline che vagano, insieme a la nostalgia acuta di dissolvimento alitata dalle bianche forme della bellezza: mentre pure nostra è la divinità del sentirsi oltre la musica, nel sogno abitato di immagini plastiche!

* * *

L'Arno qui ancora ha tremiti freschi: poi lo occupa un silenzio dei più profondi: nel canale delle colline basse e monotone toccando le piccole città etrusche, uguale oramai sino alle foci, lasciando i bianchi trofei di Pisa, il duomo prezioso traversato dalla trave colossale, che chiude nella sua nudità un così vasto soffio marino. A Signa nel ronzìo musicale e assonnante ricordo quel profondo silenzio: il silenzio di un'epoca sepolta, di una civiltà sepolta: e come una fanciulla etrusca possa rattristare il paesaggio...

* * *

Nel vico centrale osterie malfamate, botteghe di rigattieri, bislacchi ottoni disparati. Un'osteria sempre deserta di giorno mostra la sera dietro la vetrata un affaccendarsi di figure losche. Grida e richiami beffardi e brutali si spandono pel vico quando qualche avventore entra. In faccia nel vico breve e stretto c'è una finestra, unica, ad inferriata, nella parete rossa corrosa di un vecchio palazzo, dove dietro le sbarre si vedono affacciati dei visi ebeti di prostitute disfatte a cui il belletto dà un aspetto tragico di pagliacci. Quel passaggio deserto, fetido di un orinatoio, della muffa dei muri corrosi, ha per sola prospettiva in fondo l'osteria. I pagliacci ritinti sembrano seguire curiosamente la vita che si svolge dietro l'invetriata, tra il fumo delle pastasciutte acide, le risa dei mantenuti dalle femmine e i silenzii improvvisi che provoca la squadra mobile: Tre minorenni dondolano monotonamente le loro grazie precoci. Tre tedeschi irsuti sparuti e scalcagnati seggono compostamente attorno ad un litro. Uno di loro dalla faccia di Cristo è rivestito da una tunica da prete (!) che tiene raccolta sulle ginocchia. Fumo acre delle pastasciutte: tinnire di piatti e di bicchieri: risa dei maschi dalle dita piene di anelli che si lasciano accarezzare dalle femmine, ora che hanno mangiato. Passano le serve nell'aria acre di fumo gettando un richiamo musicale: Pastee. In un quadro a bianco e nero una ragazza bruna con una chitarra mostra i denti e il bianco degli occhi appesa in alto. - Serenata sui Lungarni. M'investe un soffio stanco dalle colline fiorentine: porta un profumo di corolle smorte, misto a un odor di lacche e di vernici di pitture antiche, percettibile appena (Mereskoswki).

# Faenza

Una grossa torre barocca: dietro la ringhiera una lampada accesa: appare sulla piazza al capo di una lunga contrada dove tutti i palazzi sono rossi e tutti hanno una ringhiera corrosa: (le contrade alle svolte sono deserte). Qualche matrona piena di fascino. Nell'aria si accumula qualche cosa di danzante. Ascolto: la grossa torre barocca ora accesa mette nell'aria un senso di liberazione. L'occhio dell'orologio trasparente in alto appare che illumina la sera, le frecce dorate: una piccola madonna bianca si distingue già dietro la ringhiera colla piccola lucerna corrosa accesa: *E già la grossa torre barocca è vuota e si vede che porta illuminati i simboli del tempo e della fede.*

* * *

La piazza ha un carattere di scenario nelle logge ad archi bianchi leggieri e potenti. Passa la pescatrice povera nello scenario di caffè concerto, rete sul capo e le spalle di velo nero tenue fitto di neri punti per la piazza viva di archi leggieri e potenti. Accanto una rete nera a triangolo a berretta ricade su una spalla che si schiude: un viso bruno aquilino di indovina, uguale a la Notte di Michelangiolo.

..............................................................................................................................................................

Ofelia la mia ostessa è pallida e le lunghe ciglia le frangiano appena gli occhi: il suo viso è classico e insieme avventuroso. Osservo che ha le labbra morse: dello spagnolo, della dolcezza italiana: e insieme: il ricordo, il riflesso: *dell'antica gioventù latina.* Ascolto i discorsi. La vita ha qui un forte senso naturalistico. Come in Spagna. Felicità di vivere in un paese senza filosofia.

* * *

Il museo. Ribera e Baccarini. Nel corpo dell'antico palazzo rosso affocato nel meriggio sordo l'ombra cova sulla rozza parete delle nude stampe scheletriche. Durer, Ribera. Ribera: il passo di danza del satiro aguzzo su Sileno osceno briaco. L'eco dei secchi accordi chiaramente rifluente nell'ombra che è sorda. Ragazzine alla marinara, le lisce gambe lattee che passano a scatti strisciando spinte da un vago prurito bianco. Un delicato busto di adolescente, luce gioconda dello spirito italiano sorride, una bianca purità virginea conservata nei delicati incavi del marmo. Grandi figure della tradizione classica chiudono la loro forza tra le ciglia.

# Dualismo

Voi adorabile creola dagli occhi neri e scintillanti come metallo in fusione, voi figlia generosa della prateria nutrita di aria vergine voi tornate ad apparirmi col ricordo lontano: anima dell'oasi dove la mia vita ritrovò un istante il contatto colle forze del cosmo. Io vi rivedo Manuelita, il piccolo viso armato dell'ala battagliera del vostro cappello, la piuma di struzzo avvolta e ondulante eroicamente, i vostri piccoli passi pieni di slancio contenuto sopra il terreno delle promesse eroiche! Tutta mi siete presente esile e nervosa. La cipria sparsa come neve sul vostro viso consunto da un fuoco interno, le vostre vesti di rosa che proclamavano la vostra verginità come un'aurora piena di promesse! E ancora il magnetismo di quando voi chinaste il capo, voi fiore meraviglioso di una razza eroica, mi attira non ostante il tempo ancora verso di voi! Eppure Manuelita sappiatelo se lo potete: *io non pensavo, non pensavo a voi: io mai non ho pensato a voi.* Di notte nella piazza deserta, quando nuvole vaghe correvano verso strane costellazioni, alla triste luce elettrica io sentivo la mia infinita solitudine. La prateria si alzava come un mare argentato agli sfondi, e rigetti di quel mare, miseri, uomini feroci, uomini ignoti chiusi nel loro cupo volere, storie sanguinose subito dimenticate che rivivevano improvvisamente nella notte, tessevano attorno a me la storia della città giovine e feroce, conquistatrice implacabile, ardente di un'acre febbre di denaro e di gioie immediate. Io vi perdevo allora Manuelita, perdonate, tra la turba delle signorine elastiche dal viso molle inconsciamente feroce, violentemente eccitante tra le due bande di capelli lisci nell'immobilità delle dee della razza. Il silenzio era scandito dal trotto monotono di una pattuglia: e allora il mio anelito infrenabile andava lontano da voi, verso le calme oasi della sensibilità della vecchia Europa e mi si stringeva con violenza il cuore. Entravo, ricordo, allora nella biblioteca: io che non potevo Manuelita io che non sapevo pensare a voi. Le lampade elettriche oscillavano lentamente. Su da le pagine risuscitava un mondo defunto, sorgevano immagini antiche che oscillavano lentamente coll'ombra del paralume e sovra il mio capo gravava un cielo misterioso, gravido di forme vaghe, rotto a tratti da gemiti di melodramma: larve che si scioglievano mute per rinascere a vita inestinguibile nel silenzio pieno delle profondità meravigliose del destino. Dei ricordi perduti, delle immagini si componevano già morte mentre era più profondo il silenzio. Rivedo ancora Parigi, Place d'Italie, le baracche, i carrozzoni, i magri cavalieri dell'irreale, dal viso essiccato, dagli occhi perforanti di nostalgie feroci, tutta la grande piazza ardente di un concerto infernale stridente e irritante. Le bambine dei Bohemiens, i capelli sciolti, gli occhi arditi e profondi congelati in un languore ambiguo amaro attorno dello stagno liscio e deserto. E in fine Lei, dimentica, lontana, l'amore, il suo viso di zingara nell'onda dei suoni e delle luci che si colora di un incanto irreale: e noi in silenzio attorno allo stagno pieno di chiarori rossastri: e noi ancora stanchi del sogno vagabondare a caso per quartieri ignoti fino a stenderci stanchi sul letto di una taverna lontana tra il soffio caldo del vizio noi là nell'incertezza e nel rimpianto colorando la nostra voluttà di riflessi irreali!

..........................................................................................................................................................................

E così lontane da voi passavano quelle ore di sogno, ore di profondità mistiche e sensuali che scioglievano in tenerezze i grumi più acri del dolore, ore di felicità completa che aboliva il tempo e il mondo intero, lungo sorso alle sorgenti dell'Oblio! E vi rivedevo Manuelita poi: che vigilavate pallida e lontana: voi anima semplice chiusa nelle vostre semplici armi.

So Manuelita: voi cercavate la grande rivale. So: la cercavate nei miei occhi stanchi che mai non vi appresero nulla. Ma ora se lo potete sappiate: io dovevo restare fedele al mio destino: era un'anima inquieta quella di cui mi ricordavo sempre quando uscivo a sedermi sulle panchine della piazza deserta sotto le nubi in corsa. Essa era per cui solo il sogno mi era dolce. Essa era per cui io dimenticavo il vostro piccolo corpo convulso nella stretta del guanciale, il vostro piccolo corpo pericoloso tutto adorabile di snellezza e di forza. E pure vi giuro Manuelita io vi amavo vi amo e vi amerò sempre più di qualunque altra donna... dei due mondi.


## Sogno di prigione


Nel viola della notte odo canzoni bronzee. La cella è bianca, il giaciglio è bianco. La cella è bianca, piena di un torrente di voci che muoiono nelle angeliche cune, delle voci angeliche bronzee è piena la cella bianca. Silenzio: il viola della notte: in rabeschi dalle sbarre bianche il blu del sonno. Penso ad Anika: stelle deserte sui monti nevosi: strade bianche deserte: poi chiese di marmo bianche: nelle strade Anika canta: un buffo dall'occhio infernale la guida, che grida. Ora il mio paese tra le montagne. Io al parapetto del cimitero davanti alla stazione che guardo il cammino nero delle macchine, sù, giù. Non è ancor notte; silenzio occhiuto di fuoco: le macchine mangiano rimangiano il nero silenzio nel cammino della notte. Un treno: si sgonfia arriva in silenzio, è fermo: la porpora del treno morde la notte: dal parapetto del cimitero le occhiaie rosse che si gonfiano nella notte: poi tutto, mi pare, si muta in rombo: *Da un finestrino in fuga io? io ch'alzo le broccia nella luce!!* (il treno mi passa sotto rombando come un demonio).


## La giornata di un nevrastenico (Bologna)


La vecchia città dotta e sacerdotale era avvolta di nebbie nel pomeriggio di dicembre. I colli trasparivano più lontani sulla pianura percossa di strepiti. Sulla linea ferroviaria si scorgeva vicino, in uno scorcio falso di luce plumbea lo scalo delle merci. Lungo la linea di circonvallazione passavano pomposamente sfumate figure femminili, avvolte in pellicce, i cappelli copiosamente romantici, avvicinandosi a piccole scosse automatiche, rialzando la gorgiera carnosa come volatili di bassa corte. Dei colpi sordi, dei fischi dallo scalo accentuavano la monotonia diffusa nell'aria. Il vapore delle macchine si confondeva colla nebbia: i fili si appendevano e si riappendevano ai grappoli di campanelle dei pali telegrafici che si susseguivano automaticamente.


* * *


Dalla breccia dei bastioni rossi corrosi nella nebbia si aprono silenziosamente le lunghe vie. Il malvagio vapore della nebbia intristisce tra i palazzi velando la cima delle torri, le lunghe vie silenziose deserte come dopo il saccheggio. Delle ragazze tutte piccole, tutte scure, artifiziosamente avvolte nella sciarpa traversano saltellando le vie, rendendole più vuote ancora. E nell'incubo della nebbia, in quel cimitero, esse mi sembrano a un tratto tanti piccoli animali, tutte uguali, saltellanti, tutte nere, che vadano a covare in un lungo letargo un loro malefico sogno.

* * *

Numerose le studentesse sotto i portici. Si vede subito che siamo in un centro di cultura. Guardano a volte coll'ingenuità di Ofelia, tre a tre, parlando a fior di labbra. Formano sotto i portici il corteo pallido e interessante delle grazie moderne, le mie colleghe, che vanno a lezione! Non hanno l'arduo sorriso d'Annunziano palpitante nella gola come le letterate, ma più raro un sorriso e più severo, intento e masticato, di prognosi riservata, le scienziate.

* * *

(Caffè) È passata la Russa. La piaga delle sue labbra ardeva nel suo viso pallido. È venuta ed è passata portando il fiore e la piaga delle sue labbra. Con un passo elegante, troppo semplice troppo conscio è passata. La neve seguita a cadere e si scioglie indifferente nel fango della via. La sartina e l'avvocato ridono e chiacchierano. I cocchieri imbacuccati tirano fuori la testa dal bavero come bestie stupite. Tutto mi è indifferente. Oggi risalta tutto il grigio monotono e sporco della città. Tutto fonde come la neve in questo pantano: e in fondo sento che è dolce questo dileguarsi di tutto quello che ci ha fatto soffrire. Tanto più dolce che presto la neve si stenderà ineluttabilmente in un lenzuolo bianco e allora potremo riposare in sogni bianchi ancora.

C'è uno specchio avanti a me e l'orologio batte: la luce mi giunge dai portici a traverso le cortine della vetrata. Prendo la penna: Scrivo: cosa, non so: ho il sangue alle dita: scrivo: «l'amante nella penombra si aggraffia al viso dell'amante per scarnificare il suo sogno... ecc.»

(*Ancora per la via*) Tristezza acuta. Mi ferma il mio antico compagno di scuola, già allora bravissimo ed ora di già in belle lettere guercio professor purulento: mi tenta, mi confessa con un sorriso sempre più lercio. Conclude: potresti provare a mandare qualcosa all'Amore Illustrato (*Via*). Ecco inevitabile sotto i portici lo sciame aereoplanante delle signorine intellettuali, che ride e fa glu glu mostrando i denti, in caccia, sembra, di tutti i nemici della scienza e della cultura, che va a frangere ai piedi della cattedra. Già è l'ora! vado a infangarmi in mezzo alla via; l'ora che l'illustre somiero     rampa     con     il     suo     carico     di     nera     scienza     catalogale
..............................................................

..............................................................................................................

Sull'uscio di casa mi volgo e vedo il classico, baffuto, colossale emissario ...........................

..............................................................................................................

Ah! i diritti della vecchiezza! Ah! quanti maramaldi!

* * *

(Notte) Davanti al fuoco lo specchio. Nella fantasmagoria profonda dello specchio i corpi ignudi avvicendano muti: e i corpi lassi e vinti nelle fiamme inestinte e mute, e come fuori del tempo i corpi bianchi stupiti inerti nella fornace opaca: bianca, dal mio spirito esausto silenziosa si sciolse, Eva si sciolse e mi risvegliò.

Passeggio sotto l'incubo dei portici. Una goccia di luce sanguigna, poi l'ombra, poi una goccia di luce sanguigna, la dolcezza dei seppelliti. Scompaio in un vicolo ma dall'ombra sotto un lampione s'imbianca un'ombra che ha le labbra tinte. O Satana, tu che le troie notturne metti in fondo ai quadrivii, o tu che dall'ombra mostri l'infame cadavere di Ofelia, o Satana abbi pietà della mia lunga miseria!

# Varie e frammenti

## Barche amarrate

.................................................................................................................................
.....................................
Le vele le vele le vele
Che schioccano e frustano al vento
Che gonfia di vane sequele
Le vele le vele le vele!
Che tesson e tesson: lamento
Volubil che l'onda che ammorza
Ne l'onda volubile smorza .....
Ne l'ultimo schianto crudele .....
Le vele le vele le vele

## Frammento (Firenze)

.................................................................................................................................
.....................................
Ed i piedini andavano armoniosi
Portando i cappelloni battaglieri
Che armavano di un'ala gli occhi fieri
Del lor languore solo nel bel giorno:
.................................................................................................................................
.....................................
Scampanava la Pasqua per la via...
.................................................................................................................................
.....................................
.................................................................................................................................
.....................................

## Pampa

Quiere Usted Mate? uno spagnolo mi profferse a bassa voce, quasi a non turbare il profondo silenzio della Pampa — Le tende si allungavano a pochi passi da dove noi seduti in circolo in silenzio guardavamo a tratti furtivamente le strane costellazioni che doravano l'ignoto della prateria notturna. — Un mistero grandioso e veemente ci faceva fluire con refrigerio di fresca vena profonda il nostro sangue nelle vene: — che noi assaporavamo con voluttà misteriosa — come nella coppa del silenzio purissimo e stellato.

Quiere Usted Mate? Ricevetti il vaso e succhiai la calda bevanda.

Gettato sull'erba vergine, in faccia alle strane costellazioni io mi andavo abbandonando tutto ai misteriosi giuochi dei loro arabeschi, cullato deliziosamente dai rumori attutiti del bivacco. I miei pensieri fluttuavano: si susseguivano i miei ricordi: che deliziosamente sembravano sommergersi per riapparire a tratti lucidamente trasumanati in distanza, come per un'eco profonda e misteriosa, dentro l'infinita maestà della natura. Lentamente gradatamente io assurgevo all'illusione universale: dalle profondità del mio essere e della terra io ribattevo per le vie del cielo il cammino avventuroso degli uomini verso la felicità a traverso i secoli. Le idee brillavano della più pura luce stellare. Drammi meravigliosi, i più meravigliosi dell'anima umana palpitavano e si rispondevano a traverso le costellazioni. Una stella fluente in corsa magnifica segnava in linea gloriosa la fine di un corso di storia. Sgravata la bilancia del tempo sembrava risollevarsi lentamente oscillando: — per un meraviglioso attimo immutabilmente nel tempo e nello spazio alternandosi i destini eterni....

Un disco livido spettrale spuntò all'orizzonte lontano profumato irraggiando riflessi gelidi d'acciaio sopra la prateria. Il teschio che si levava lentamente era l'insegna formidabile di un esercito che lanciava torme di cavalieri colle lance in resta, acutissime lucenti: gli indiani morti e vivi si lanciavano alla riconquista del loro dominio di libertà in lancio fulmineo. Le erbe piegavano in gemito leggero al vento del loro passaggio. La commozione del silenzio intenso era prodigiosa.

Che cosa fuggiva sulla mia testa? Fuggivano le nuvole e le stelle, fuggivano: mentre che dalla Pampa nera scossa che sfuggiva a tratti nella selvaggia nera corsa del vento ora più forte ora più fievole ora come un lontano fragore ferreo: a tratti alla malinconia più profonda dell'errante un richiamo:... dalle criniere dell'erbe scosse come alla malinconia più profonda dell'eterno errante per la Pampa riscossa come un richiamo che fuggiva lugubre.

Ero sul treno in corsa: disteso sul vagone sulla mia testa ruggivano le stelle e i soffi del deserto in un fragore ferreo; incontro le ondulazioni come di dorsi di belve in agguato: selvaggia, nera, corsa dai venti la Pampa che mi correva incontro per prendermi nel suo mistero: che la corsa penetrava, penetrava con la velocità di un cataclisma: dove un atomo lottava nel turbine assordante nel lugubre fracasso della corrente irresistibile.

...............................................................................................................................................

Dov'ero? Io ero in piedi: Io ero in piedi: sulla pampa nella corsa dei venti, in piedi sulla pampa che mi volava incontro: per prendermi nel suo mistero! Un nuovo sole mi avrebbe salutato al mattino! Io correvo tra le tribù indiane? Od era la morte? Od era la vita? E mai, mi parve che mai quel treno non avrebbe dovuto arrestarsi: nel mentre che il rumore lugubre delle ferramenta ne commentava incomprensibilmente il destino. Poi la stanchezza nel gelo della notte, la calma. Lo stendersi sul piatto di ferro, il concentrarsi nelle strane costellazioni fuggenti tra lievi veli argentei: e tutta la mia vita tanto simile a quella corsa cieca fantastica infrenabile che mi tornava alla mente in flutti amari e veementi.

La luna illuminava ora tutta la Pampa deserta e uguale in un silenzio profondo. Solo a tratti nuvole scherzanti un po' colla luna ombre improvvise correnti per la prateria e ancora una chiarità immensa e strana nel gran silenzio.

La luce delle stelle ora impassibili era più misteriosa sulla terra infinitamente deserta: una più vasta patria il destino ci aveva dato: un più dolce calor naturale era nel mistero della terra selvaggia e buona. Ora assopito io seguivo degli echi di un'emozione meravigliosa, echi di vibrazioni sempre più lontane: fin che pure cogli echi l'emozione meravigliosa si spense. E allora fu che nel mio intorpidimento finale io sentii con delizia l'uomo nuovo nascere: l'uomo nascere riconciliato colla natura ineffabilmente dolce e terribile: deliziosamente e orgogliosamente succhi vitali nascere alle profondità dell'essere; fluire dalle profondità della terra: il cielo come la terra in alto, misterioso, puro, deserto dall'ombra, infinito.

Mi ero alzato. Sotto le stelle impassibili, sulla terra infinitamente deserta e misteriosa, dalla sua tenda l'uomo libero tendeva le braccia al cielo infinito non deturpato dall'ombra di Nessun Dio.

# Il Russo

(Da una poesia dell'epoca)

Tombé dans l'enfer
Grouillant d'êtres humains
O Russe tu m'apparus
Soudain, célestial
Parmi de la clameur
Du grouillement brutal
D'une lâche humanité
Se pourrissante d'elle même.
Se vis ta barbe blonde
Fulgurante au coin
Ton âme je vis aussi
Par le gouffre réjetée
Ton âme dans l'étreinte
L'étreinte désesperée
Des Chimères fulgurantes
Dans le miasme humain.
Voilà que tu ecc. ecc.


In un ampio stanzone pulverulento turbinavano i rifiuti della società. Io dopo due mesi di cella ansioso di rivedere degli esseri umani ero rigettato come da onde ostili. Camminavano velocemente come pazzi, ciascuno assorto in ciò che formava l'unico senso della sua vita: la sua colpa. Dei frati grigi dal volto sereno, troppo sereno, assisi: vigilavano. In un angolo una testa spasmodica, una barba rossastra, un viso emaciato disfatto, coi segni di una lotta terribile e vana. Era il russo, violinista e pittore. Curvo sull'orlo della stufa scriveva febbrilmente.

* * *

«Un uomo in una notte di dicembre, solo nella sua casa, sente il terrore della sua solitudine. Pensa che fuori degli uomini forse muoiono di freddo: ed esce per salvarli. Al mattino quando ritorna, solo, trova sulla sua porta una donna, morta assiderata. E si uccide.» Parlava: quando, mentre mi fissava cogli occhi spaventati e vuoti, io cercando in fondo degli occhi grigio-opachi uno sguardo, uno sguardo mi parve di distinguere, che li riempiva: non di terrore: quasi infantile, inconscio, come di meraviglia.

*** 

Il Russo era condannato. Da diciannove mesi rinchiuso, affamato, spiato implacabilmente, doveva confessare, aveva confessato. E il supplizio del fango! Colla loro placida gioia i frati, col loro ghigno muto i delinquenti gli avevano detto quando con una parola, con un gesto, con un pianto irrefrenabile nella notte aveva volta a volta scoperto un po' del suo segreto! Ora io lo vedevo chiudersi gli orecchi per non udire il rombo come di torrente sassoso del continuo strisciare dei passi.

*** 

Erano i primi giorni che la primavera si svegliava in Fiandra. Dalla camerata a volte (la camerata dei veri pazzi dove ora mi avevano messo), oltre i vetri spessi, oltre le sbarre di ferro, io guardavo il cornicione profilarsi al tramonto. Un pulviscolo d'oro riempiva il prato, e poi lontana la linea muta della città rotta di torri gotiche. E così ogni sera coricandomi nella mia prigionia salutavo la primavera. E una di quelle sere seppi: il Russo era stato ucciso. Il pulviscolo d'oro che avvolgeva la città parve ad un tratto sublimarsi in un sacrifizio sanguigno. Quando? I riflessi sanguigni del tramonto credei mi portassero il suo saluto. Chiusi le palpebre, restai lungamente senza pensiero: quella sera non chiesi altro. Vidi che intorno si era fatto scuro. Nella camerata non c'era che il tanfo e il respiro sordo dei pazzi addormentati dietro le loro chimere. Col capo affondato sul guanciale seguivo in aria delle farfalline che scherzavano attorno alla lampada elettrica nella luce scialba e gelida. Una dolcezza acuta, una dolcezza di martirio, del suo martirio mi si torceva pei nervi. Febbrile, curva sull'orlo della stufa la testa barbuta scriveva. La penna scorreva strideva spasmodica. Perché era uscito per salvare altri uomini? Un suo ritratto di delinquente, un insensato, severo nei suoi abiti eleganti, la testa portata alta con dignità animale: un altro, un sorriso, l'immagine di un sorriso ritratta a memoria, la testa della fanciulla d'Este. Poi teste di contadini russi teste        barbute        tutte,        teste,        teste,        ancora teste..................................................................................................

.......................................................................................................................

*La penna scorreva strideva spasmodica: perché era uscito per salvare altri uomini? Curvo, sull'orlo della stufa la testa barbuta, il russo scriveva, scriveva scriveva..................*

*** 

Non essendovi in Belgio l'estradizione legale per i delinquenti politici avevano compito l'ufficio i Frati della Carità Cristiana.

# Passeggiata in tram in America e ritorno

Aspro preludio di sinfonia sorda, tremante violino a corda elettrizzata, tram che corre in una linea nel cielo ferreo di fili curvi mentre la mole bianca della città torreggia come un sogno, moltiplicato miraggio di enormi palazzi regali e barbari, i diademi elettrici spenti. Corro col preludio che tremola si assorda riprende si afforza e libero sgorga davanti al molo alla piazza densa di navi e di carri. Gli alti cubi della città si sparpagliano tutti pel golfo in dadi infiniti di luce striati d'azzurro: nel mentre il mare tra le tanaglie del molo come un fiume che fugge tacito pieno di singhiozzi taciuti corre veloce verso l'eternità del mare che si balocca e complotta laggiù per rompere la linea dell'orizzonte.

Ma mi parve che la città scomparisse mentre che il mare rabbrividiva nella sua fuga veloce. Sulla poppa balzante io già ero portato lontano nel turbinare delle acque. Il molo, gli uomini erano scomparsi fusi come in una nebbia. Cresceva l'odore mostruoso del mare. La lanterna spenta s'alzava. Il gorgoglio dell'acqua tutto annegava irremissibilmente. Il battito forte nei fianchi del bastimento confondeva il battito del mio cuore e ne svegliava un vago dolore intorno come se stesse per aprirsi un bubbone. Ascoltavo il gorgoglio dell'acqua. L'acqua a volte mi pareva musicale, poi tutto ricadeva in un rombo e la terra e la luce mi erano strappate inconsciamente. Come amavo, ricordo, il tonfo sordo della prora che si sprofonda nell'onda che la raccoglie e la culla un brevissimo istante e la rigetta in alto leggera nel mentre il battello è una casa scossa dal terremoto che pencola terribilmente e fa un secondo sforzo contro il mare tenace e riattacca a concertare con i suoi alberi una certa melodia beffarda nell'aria, una melodia che non si ode, si indovina solo alle scosse di danza bizzarre che la scuotono!

C'erano due povere ragazze sulla poppa: «Leggera, siamo della leggera: te non la rivedi più la lanterna di Genova!» Eh! che importava in fondo! Ballasse il bastimento, ballasse fino a Buenos-Aires: questo dava allegria: e il mare se la rideva con noi del suo riso così buffo e sornione! Non so se fosse la bestialità irritante del mare, il disgusto che quel grosso bestione col suo riso mi dava... basta: i giorni passavano. Tra i sacchi di patate avevo scoperto un rifugio. Gli ultimi raggi rossi del tramonto che illuminavano la costa deserta! costeggiavamo da un giorno. Bellezza semplice di tristezza maschia. Oppure a volte quando l'acqua saliva ai finestrini io seguivo il tramonto equatoriale sul mare. Volavano uccelli lontano dal nido ed io pure: ma senza gioia. Poi sdraiato in coperta restavo a guardare gli alberi dondolare nella notte tiepida in mezzo al rumore dell'acqua...

Riodo il preludio scordato delle rozze corde sotto l'arco di violino del tram domenicale. I piccoli dadi bianchi sorridono sulla costa tutti in cerchio come una dentiera enorme tra il fetido odore di catrame e di carbone misto al nauseante odor d'infinito. Fumano i vapori agli scali desolati. Domenica. Per il porto pieno di carcasse delle lente file umane, formiche dell'enorme ossario. Nel mentre tra le tanaglie del molo rabbrividisce un fiume che fugge, tacito pieno di singhiozzi taciuti fugge veloce verso l'eternità del mare, che si balocca e complotta laggiù per rompere la linea dell'orizzonte.

# L'incontro di Regolo

Ci incontrammo nella circonvallazione a mare. La strada era deserta nel calore pomeridiano. Guardava con occhio abbarbagliato il mare. Quella faccia, l'occhio strabico! Si volse: ci riconoscemmo immediatamente. Ci abbracciammo. Come va? Come va? A braccetto lui voleva condurmi in campagna: poi io lo decisi invece a calare sulla riva del mare. Stesi sui ciottoli della spiaggia seguitavamo le nostre confidenze calmi. Era tornato d'America. Tutto pareva naturale ed atteso. Ricordavamo l'incontro di quattro anni fa laggiù in America: e il primo, per la strada di Pavia, lui scalcagnato, col collettone alle orecchie! Ancora il diavolo ci aveva riuniti: per quale perché? Cuori leggeri noi non pensammo a chiedercelo. Parlammo, parlammo, finché sentimmo chiaramente il rumore delle onde che si frangevano sui ciottoli della spiaggia. Alzammo la faccia alla luce cruda del sole. La superficie del mare era tutta abbagliante. Bisognava mangiare. Andiamo!

* * *

Avevo accettato di partire. Andiamo! Senza entusiasmo e senza esitazione. Andiamo. L'uomo o il viaggio, il resto o l'incidente. Ci sentiamo puri. Mai ci eravamo piegati a sacrificare alla mostruosa assurda ragione. Il paese natale: quattro giorni di sguattero, pasto di rifiuti tra i miasmi della lavatura grassa. Andiamo!

* * *

Impestato a più riprese, sifilitico alla fine, bevitore, scialacquatore, con in cuore il demone della novità che lo gettava a colpi di fortuna che gli riuscivano sempre, quella mattina i suoi nervi saturi l'avevano tradito ed era restato per un quarto d'ora paralizzato dalla parte destra, l'occhio strabico fisso sul fenomeno, toccando con mano irritata la parte immota. Si era riavuto, era venuto da me e voleva partire.

* * *

Ma come partire? La mia pazzia tranquilla quel giorno lo irritava. La paralisi lo aveva esacerbato. Lo osservavo. Aveva ancora la faccia a destra atona e contratta e sulla guancia destra il solco di una lacrima ma di una lagrima sola, involontaria, caduta dall'occhio restato fisso: voleva partire.

* * *

Camminavo, camminavo nell'amorfismo della gente. Ogni tanto rivedevo il suo sguardo strabico fisso sul fenomeno, sulla parte immota che sembrava attrarlo irresistibilmente: vedevo la mano irritata che toccava la parte immota. Ogni fenomeno è per sé sereno.

* * *

Voleva partire. Mai ci eravamo piegati a sacrificare alla mostruosa assurda ragione e ci lasciammo stringendoci semplicemente la mano: in quel breve gesto noi ci lasciammo, senza accorgercene ci lasciammo: così puri come due iddii noi liberi liberamente ci abbandonammo all'irreparabile.

## Scirocco (Bologna)

Era una melodia, era un alito? Qualche cosa era fuori dei vetri. Aprii la finestra: era lo Scirocco: e delle nuvole in corsa al fondo del cielo curvo (non c'era là il mare?) si ammucchiavano nella chiarità argentea dove l'aurora aveva lasciato un ricordo dorato. Tutto attorno la città mostrava le sue travature colossali nei palchi aperti dei suoi torrioni, umida ancora della pioggia recente che aveva imbrunito il suo mattone: dava l'immagine di un grande porto, deserto e velato, aperto nei suoi granai dopo la partenza avventurosa nel mattino: mentre che nello Scirocco sembravano ancora giungere in soffii caldi e lontani di laggiù i riflessi d'oro delle bandiere e delle navi che varcavano la curva dell'orizzonte. Si sentiva l'attesa. In un brusìo di voci tranquille le voci argentine dei fanciulli dominavano liberamente nell'aria. La città riposava del suo faticoso fervore. Era una vigilia di festa: la Vigilia di Natale. Sentivo che tutto posava: ricordi speranze anch'io li abbandonavo all'orizzonte curvo laggiù: e l'orizzonte mi sembrava volerli cullare coi riflessi frangiati delle sue nuvole mobili all'infinito. Ero libero, ero solo. Nella giocondità dello Scirocco mi beavo dei suoi soffii tenui. Vedevo la nebulosità invernale che fuggiva davanti a lui: le nuvole che si riflettevano laggiù sul lastrico chiazzato in riflessi argentei su la fugace chiarità perlacea dei visi femminili trionfanti negli occhi dolci e cupi: sotto lo scorcio dei portici seguivo le vaghe creature rasenti dai pennacchi melodiosi, sentivo il passo melodioso, smorzato nella cadenza lieve ed uguale: poi guardavo le torri rosse dalle travi nere, dalle balaustrate aperte che vegliavano deserte sull'infinito.

Era la Vigilia di Natale.

* * *

Ero uscito: Un grande portico rosso dalle lucerne moresche: dei libri che avevo letti nella mia adolescenza erano esposti a una vetrina tra le stampe. In fondo la luminosità marmorea di un grande palazzo moderno, i fusti d'acciaio curvi di globi bianchi ai quattro lati.

La piazzetta di S. Giovanni era deserta: la porta della prigione senza le belle fanciulle del popolo che altre volte vi avevo viste.

* * *

Attraverso a una piazza dorata da piccoli sepolcreti, nella scia bianca del suo pennacchio una figura giovine, gli occhi grigi, la bocca dalle linee rosee tenui, passò nella vastità luminosa del cielo. Sbiancava nel cielo fumoso la melodia dei suoi passi. Qualche cosa di nuovo, di infantile, di profondo era nell'aria commossa. Il mattone rosso ringiovanito dalla pioggia sembrava esalare dei fantasmi torbidi, condensati in ombre di dolore virgineo, che passavano nel suo torbido sogno: (contigui uguali gli archi perdendosi gradatamente nella campagna tra le colline fuori della porta): poi una grande linea che apparve passò: una grandiosa, virginea testa reclina d'ancella mossa di un passo giovine non domo alla cadenza, offrendo il contorno della mascella rosea e forte e a tratti la luce obliqua dell'occhio nero al disopra dell'omero servile, del braccio, onusti di giovinezza: muta.

* * *

(Le serve ingenue affaccendate colle sporte colme di vettovaglie vagavano pettinate artifiziosamente la loro fresca grazia fuori della porta. Tutta verde la campagna intorno. Le grandi masse fumose degli alberi gravavano sui piccoli colli, la loro linea nel cielo aggiungeva un carattere di fantasia: la luce, un organetto che tentava la modesta poesia del popolo sotto una ciminiera altissima sui terreni vaghi, tra le donne variopinte sulle porte: le contrade cupe della città tutte vive di tentacoli rossi: verande di torri dalle travature enormi sotto il cielo curvo: gli ultimi soffii di riflessi caldi e lontani nella grande chiarità abbagliante e uguale quando per l'arco della porta mi inoltrai nel verde e il cannone tonò mezzogiorno: solo coi passeri intorno che si commossero in breve volteggio attorno al lago Leonardesco.)

## Crepuscolo mediterraneo

Crepuscolo mediterraneo perpetuato di voci che nella sera si esaltano, di lampade che si accendono, chi t'inscenò nel cielo più vasta più ardente del sole notturna estate mediterranea? Chi può dirsi felice che non vide le tue piazze felici, i vichi dove ancora in alto battaglia glorioso il lungo giorno in fantasmi d'oro, nel mentre a l'ombra dei lampioni verdi nell'arabesco di marmo un mito si cova che torce le braccia di marmo verso i tuoi dorati fantasmi, notturna estate mediterranea? Chi può dirsi felice che non vide le tue piazze felici? E le tue vie tortuose di palazzi e palazzi marini e dove il mito si cova? Mentre dalle volte un altro mito si cova che illumina solitaria limpida cubica la lampada colossale a spigoli verdi? Ed ecco che sul tuo porto fumoso di antenne, ecco che sul tuo porto fumoso di molli cordami dorati, per le tue vie mi appaiono in grave incesso giovani forme, di già presaghe al cuore di una bellezza immortale appaiono rilevando al passo un lato della persona gloriosa, del puro viso ove l'occhio rideva nel tenero agile ovale. Suonavano le chitarre all'incesso della dea. Profumi varii gravavano l'aria, l'accordo delle chitarre si addolciva da un vico ambiguo nell'armonioso clamore della via che ripida calava al mare. Le insegne rosse delle botteghe promettevano vini d'oriente dal profondo splendore opalino mentre a me trepidante la vita passava avanti nelle immortali forme serene. E l'amaro, l'acuto balbettìo del mare subito spento all'angolo di una via: spento, apparso e subito spento!

Il Dio d'oro del crepuscolo bacia le grandi figure sbiadite sui muri degli alti palazzi, le grandi figure che anelano a lui come a un più antico ricordo di gloria e di gioia. Un bizzarro palazzo settecentesco sporge all'angolo di una via, signorile e fatuo, fatuo della sua antica nobiltà mediterranea. Ai piccoli balconi i sostegni di marmo si attorcono in sé stessi con bizzarria. La grande finestra verde chiude nel segreto delle imposte la capricciosa speculatrice, la tiranna agile bruno rosata, e la via barocca vive di una duplice vita: in alto nei trofei di gesso di una chiesa gli angioli paffuti e bianchi sciolgono la loro pompa convenzionale mentre che sulla via le perfide fanciulle brune mediterranee, brunite d'ombra e di luce, si bisbigliano all'orecchio al riparo delle ali teatrali e pare fuggano cacciate verso qualche inferno in quell'esplosione di gioia barocca: mentre tutto tutto si annega nel dolce rumore dell'ali sbattute degli angioli che riempie la via.


## Piazza Sarzano


A l'antica piazza dei tornei salgono strade e strade e nell'aria pura si prevede sotto il cielo il mare. L'aria pura è appena segnata di nubi leggere. L'aria è rosa. Un antico crepuscolo ha tinto la piazza e le sue mura. E dura sotto il cielo che dura, estate rosea di più rosea estate.

Intorno nell'aria del crepuscolo si intendono delle risa, serenamente, e dalle mura sporge una torricella rosa tra l'edera che cela una campana: mentre, accanto, una fonte sotto una cupoletta getta acqua acqua ed acqua senza fretta, nella vetta con il busto di un savio imperatore: acqua acqua, acqua getta senza fretta, con in vetta il busto cieco di un savio imperatore romano.

Un vertice colorito dall'altra parte della piazza mette quadretta, da quattro cuspidi una torre quadrata mette quadretta svariate di smalto, un riso acuto nel cielo, oltre il tortueggiare, sopra dei vicoli il velo rosso del roso mattone: ed a quel riso odo risponde l'oblio. L'oblio così caro alla statua del pagano imperatore sopra la cupoletta dove l'acqua zampilla senza fretta sotto lo sguardo cieco del savio imperatore romano.

* * *

Dal ponte sopra la città odo le ritmiche cadenze mediterranee. I colli mi appaiono spogli colle loro torri a traverso le sbarre verdi ma laggiù le farfalle innumerevoli della luce riempiono il paesaggio di un'immobilità di gioia inesauribile. Le grandi case rosee tra i meandri verdi continuano a illudere il crepuscolo. Sulla piazza acciottolata rimbalza un ritmico strido: un fanciullo a sbalzi che fugge melodiosamente. Un chiarore in fondo al deserto della piazza sale tortuoso dal mare dove vicoli verdi di muffa calano in tranelli d'ombra: in mezzo alla piazza, mozza la testa guarda senz'occhi sopra la cupoletta. Una donna bianca appare a una finestra aperta. È la notte mediterranea.

* * *

Dall'altra parte della piazza la torre quadrangolare s'alza accesa sul corroso mattone sù a capo dei vicoli gonfi cupi tortuosi palpitanti di fiamme. La quadricuspide vetta a quadretta ride svariata di smalto mentre nel fondo bianca e torbida a lato dei lampioni verdi la lussuria siede imperiale. Accanto il busto dagli occhi bianchi rosi e vuoti, e l'orologio verde come un bottone in alto aggancia il tempo all'eternità della piazza. La via si torce e sprofonda. Come nubi sui colli le case veleggiano ancora tra lo svariare del verde e si scorge in fondo il trofeo della V.M. tutto bianco che vibra d'ali nell'aria.

## Genova

Poi che la nube si fermò nei cieli
Lontano sulla tacita infinita
Marina chiusa nei lontani veli,
E ritornava l'anima partita
Che tutto a lei d'intorno era già arcana-
mente illustrato del giardino il verde
Sogno nell'apparenza sovrumana
De le corrusche sue statue superbe:
E udìi canto udìi voce di poeti
Ne le fonti e le sfingi sui frontoni
Benigne un primo oblio parvero ai proni
Umani ancor largire: dai segreti
Dedali uscìi: sorgeva un torreggiare
Bianco nell'aria: innumeri dal mare
Parvero i bianchi sogni dei mattini
Lontano dileguando incatenare
Come un ignoto turbine di suono.

Tra le vele di spuma udivo il suono.
Pieno era il sole di Maggio.

* * *

Sotto la torre orientale, ne le terrazze verdi ne la lavagna cinerea
Dilaga la piazza al mare che addensa le navi inesausto
Ride l'arcato palazzo rosso dal portico grande:
Come le cateratte del Niagara
Canta, ride, svaria ferrea la sinfonia feconda urgente al mare:
Genova canta il tuo canto!

* * *

Entro una grotta di porcellana
Sorbendo caffè
Guardavo dall'invetriata la folla salire veloce
Tra le venditrici uguali a statue, porgenti
Frutti di mare con rauche grida cadenti
Su la bilancia immota:
Così ti ricordo ancora e ti rivedo imperiale
Su per l'erta tumultuante
Verso la porta disserrata
Contro l'azzurro serale,
Fantastica di trofei
Mitici tra torri nude al sereno,
A te aggrappata d'intorno
La febbre de la vita
Pristina: e per i vichi lubrici di fanali il canto
Instornellato de le prostitute
E dal fondo il vento del mar senza posa.

* * *

Per i vichi marini nell'ambigua
Sera cacciava il vento tra i fanali
Preludii dal groviglio delle navi:
I palazzi marini avevan bianchi
Arabeschi nell'ombra illanguidita
Ed andavamo io e la sera ambigua:
Ed io gli occhi alzavo su ai mille
E mille e mille occhi benevoli
Delle Chimere nei cieli: ......
Quando,
Melodiosamente

D'alto sale, il vento come bianca finse una visione di Grazia
Come dalla vicenda infaticabile
De le nuvole e de le stelle dentro del cielo serale
Dentro il vico marino in alto sale, ............................................
Dentro il vico chè rosse in alto sale
Marino l'ali rosse dei fanali
Rabescavano l'ombra illanguidita, ............................................
Che nel vico marino, in alto sale
Che bianca e lieve e querula salì!
《Come nell'ali rosse dei fanali
Bianca e rossa nell'ombra del fanale
Che bianca e lieve e tremula salì:...》 —
Ora di già nel rosso del fanale
Era già l'ombra faticosamente
Bianca ....................................................................................
Bianca quando nel rosso del fanale
Bianca lontana faticosamente
L'eco attonita rise un irreale
Riso: e che l'eco faticosamente
E bianca e lieve e attonita salì....................................................
Di già tutto d'intorno
Lucea la sera ambigua:
Battevano i fanali
Il palpito nell'ombra.
Rumori lontano franavano
Dentro silenzii solenni
Chiedendo: se dal mare
Il riso non saliva...
Chiedendo se l'udiva
Infaticabilmente
La sera: a la vicenda
Di nuvole là in alto
Dentro del cielo stellare.

* * *

Al porto il battello si posa
Nel crepuscolo che brilla
Negli alberi quieti di frutti di luce,
Nel paesaggio mitico
Di navi nel seno dell'infinito
Ne la sera
Calida di felicità, lucente
In un grande in un grande velario
Di diamanti disteso sul crepuscolo,

In mille e mille diamanti in un grande velario vivente
Il battello si scarica
Ininterrottamente cigolante,
Instancabilmente introna
E la bandiera è calata e il mare e il cielo è d'oro e sul molo
Corrono i fanciulli e gridano
Con gridi di felicità.
Già a frotte s'avventurano
I viaggiatori alla città tonante
Che stende le sue piazze e le sue vie:
La grande luce mediterranea
S'è fusa in pietra di cenere:
Pei vichi antichi e profondi
Fragore di vita, gioia intensa e fugace:
Velario d'oro di felicità
È il cielo ove il sole ricchissimo
Lasciò le sue spoglie preziose
E la Città comprende
E s'accende
E la fiamma titilla ed assorbe
I resti magnificenti del sole,
E intesse un sudario d'oblio
Divino per gli uomini stanchi.
Perdute nel crepuscolo tonante
Ombre di viaggiatori
Vanno per la Superba
Terribili e grotteschi come i ciechi.

* * *

Vasto, dentro un odor tenue vanito
Di catrame, vegliato da le lune
Elettriche, sul mare appena vivo
Il vasto porto si addorme.
S'alza la nube delle ciminiere
Mentre il porto in un dolce scricchiolìo
Dei cordami s'addorme: e che la forza
Dorme, dorme che culla la tristezza
Inconscia de le cose che saranno
E il vasto porto oscilla dentro un ritmo
Affaticato e si sente
La nube che si forma dal vomito silente

* * *

O Siciliana proterva opulenta matrona
A le finestre ventose del vico marinaro
Nel seno della città percossa di suoni di navi e di carri
Classica mediterranea femmina dei porti:
Pei grigi rosei della città di ardesia
Sonavano i clamori vespertini
E poi più quieti i rumori dentro la notte serena:
Vedevo alle finestre lucenti come le stelle
Passare le ombre de le famiglie marine: e canti
Udivo lenti ed ambigui ne le vene de la città mediterranea:
Ch'era la notte fonda.
Mentre tu siciliana, dai cavi
Vetri in un torto giuoco
L'ombra cava e la luce vacillante
O siciliana, ai capezzoli
L'ombra rinchiusa tu eri
La Piovra de le notti mediterranee
Cigolava cigolava cigolava di catene
La grù sul porto nel cavo de la notte serena:
E dentro il cavo de la notte serena
E nelle braccia di ferro
Il debole cuore batteva un più alto palpito: tu
La finestra avevi spenta:
Nuda mistica in alto cava
Infinitamente occhiuta devastazione era la notte tirrena.


They were all torn
And cover'd with
The boy's
Blood